# UN MONSTRUO DE MIL CABEZAS

# UN MONSTRUO DE MIL CABEZAS

## LAURA SANTULLO

Planeta

Diseño de la portada: Luis Sánchez Carvajal
Fotografía de portada: María Secco

© 2015, Laura Santullo

Derechos reservados

© 2015, Editorial Planeta Mexicana, S. A. de C. V.
Bajo el sello editorial PLANETA M.R.
Avenida Presidente Masarik núm. 111, Piso 2
Colonia Polanco V Sección
Deleg. Miguel Hidalgo
C.P. 11560, México, D.F.
www.planetadelibros.com.mx

Primera edición: febrero de 2015
ISBN: 978-607-07-2575-3

Impreso en los talleres de EDAMSA Impresiones, S.A. de C.V.
Av. Hidalgo núm. 111, Col. Fracc. San Nicolás Tolentino, México, D.F.
Impreso y hecho en México – Printed and made in Mexico

# Ella

Tuvimos paciencia, puede preguntárselo a cualquiera que nos conozca. Y si esperamos todo ese tiempo, y si escribimos tantísimas cartas, y si hicimos cada cosa que nos dijeron, fue porque confiábamos ciegamente en que tarde o temprano el sentido común y la bondad nos asistirían. ¡Pregunte! Cualquier conocido nuestro le va a decir lo mismo. Llevábamos meses aguardando por una esperanza, una palabra, una firma que cambiara la situación. No soñábamos con una cura definitiva, eso no, en el padecimiento de Memo aquello era muy difícil, pero existía un procedimiento que podía darle la oportunidad de extender su tiempo en el mundo y mejorar su calidad de vida. Teníamos todo documentado, avalado por especialistas; la evidencia lógica nos daba la razón y, sin embargo, la autorización no llegaba.

Las respuestas que nos daban eran distintas: a veces dilatorias, a veces restrictivas; pero en esencia se nos negaba sistemáticamente un servicio que debía cubrir nuestro seguro de gastos médicos. ¡La póliza que veníamos pagando desde hacía más de quince años!...

... No, se equivoca. Claro que buscamos otras opciones, y muy distintas: hablamos con abogados, perseguimos a nuestro corredor de seguros, incluso tuvimos reuniones con un diputado que tenía peso en Salud Pública y llevamos nuestro caso a la Secretaría de Protección al Consumidor. De la asistencia social muy rápido supimos que no debíamos esperar nada; casi sin revisar nuestro expediente determinaron que por ser dueños de una casa no nos correspondía ningún tipo de ayuda gratuita. ¿Dueños? Si ni siquiera podíamos venderla, ya tenía encima dos hipotecas que habíamos pedido para pagar los costos médicos de los estudios que Alta Salud se negaba a cubrir por considerarlos sin fundamento. Y por su parte, la Secretaría, que sí había encontrado válido nuestro reclamo como consumidores, solo emite recomendaciones, no tiene potestad para proceder jurídicamente sobre las empresas; así que, con una disculpa y un largo suspiro compasivo, nos advirtieron que no podrían intervenir a nuestro favor. Por todos lados estábamos de manos atadas, ¿entiende? Completamente paralizados.

Igual nosotros, como buenos ciudadanos, llenamos cuanto formulario de inconformidad se nos puso por delante. Acudimos una a una a todas las instancias legales para seguir reclamando, o mejor dicho suplicando. Hasta que un día esa sumisión, a la que parecíamos definitivamente resignados, de pronto se rompió; yo creo que fue la llegada del dolor al cuerpo de Memo lo que vino a cambiarlo todo. Lo pienso ahora, en retrospectiva, y adentro mío fue como una explosión.

Hasta ese momento el dolor había sido manejable, fármacos y terapias para conservar en forma su cuerpo, pero la escalada silenciosa acabó ocurriendo y, tal y como lo pronosticaran los médicos, el sufrimiento arribó con una intensidad insoportable.

Empezó durante la madrugada. Hacía tiempo que ya no dormíamos en nuestra habitación de la planta alta; desde el agravamiento de la enfermedad las escaleras estaban prohibidas para Memo, lo fatigaban terriblemente, así que habíamos trasladado una cama a la sala. Llevábamos casi dos meses en aquella situación. Mi cuñada Mónica vivía en casa con nosotros; había venido con el propósito de pasar una larga temporada con su hermano y para apoyarme. También estaba nuestro hijo Darío. Ambos dormían en el piso de arriba. Yo descansaba en el sofá a tan solo unos metros de mi esposo, por lo que me despertó instantáneamente el golpe seco en mitad de la noche.

Memo, sin poder articular ningún sonido de queja que anticipara la caída, se había deslizado en una sacudida de dolor hasta resbalar de la cama. Lo encontré en el suelo abrazado a sus rodillas, la boca seca y los ojos cerrados y apretados con firmeza. Quise moverlo pero no me lo permitió. Era como un animal herido; no escuchaba, no entendía lo que yo trataba de decirle. Una mancha de orina se extendió por su pantalón de pijama; al verlo supe que estaba asistiendo al tan temido momento en que comenzaría a perder el control sobre su organismo.

Alertados por mis gritos, Darío y Mónica llegaron enseguida. Insistimos un par de veces tratando de incorporarlo o de colocarle una almohada bajo la cabeza para darle comodidad. ¡No sabíamos ni qué hacer! Pero cada vez, con un zarpazo y un sonido gutural, nos alejó de sí mismo mientras continuaba sumergido en una reconcentrada resistencia al dolor. Llamamos al servicio de emergencia.

Llegaron relativamente pronto y le administraron un fuerte narcótico, pero el sufrimiento no disminuyó con rapidez. Impotentes, nos sentamos los tres a su alrededor y, acompañados por los paramédicos, esperamos la retirada del dolor. Fueron treinta minutos eternos. Supongo que usted no sabe, y le deseo que nunca llegue a saber, lo que es ver a un ser querido retorciéndose en un tormento que no cesa.

Mientras aguardábamos tuve tiempo de pensar y ahí, mirándolo, comprendí con pavor que aquello era lo que se vendría; la carne resistiendo sorda, muda, ciega, mientras la cabeza, los pensamientos, los recuerdos, las emociones, las querencias, todas las cosas que conformaban el universo de lo humano se iban a otra parte. Supe que la vida normal quedaría anulada definitivamente si no deteníamos ya mismo el avance de la enfermedad; y eso me propuse hacer, a como diera lugar.

Sobre el escritorio de nuestro cuarto en la planta alta tenía clasificados todos nuestros recibos y las recetas de los medicamentos: cada consulta, cada opinión vertida por los especialistas en el último año, los del seguro y los particulares, todo estaba allí; inútilmente ordenado. Ese día, repasé uno a uno cada papel, como si haciéndolo pudiese llegar a descubrir finalmente la grieta por donde hacer colar nuestra desesperada petición. Leí con atención cada palabra y corroboré lo que ya sabía: una firme oposición a nuestra solicitud, con la misma rúbrica al calce de cada documento. El especialista se llamaba Villalba, figuraba como coordinador y aún no lográbamos conocerlo en persona; habíamos hablado por teléfono en un par de ocasiones, e incluso se habían fijado citas en más de una oportunidad pero, finalmente, después de algunas cancelaciones, acabó por enviarnos a un subalterno que luego de leernos las mismas cartas y diagnósticos de siempre, anotó cada pregunta nuestra en un cuaderno sin responder ninguna, y cuando lo instamos a cambiar la situación nos expresó que él no tomaba ningún tipo de decisión. Aquella vez nos ilusionamos, y sin embargo no avanzamos nada. Así había sido todo el proceso; expectativas que chocaban de frente contra la indolencia y la burocracia.

Ese día, con una determinación desconocida en mí, empecé a remover hasta el último cajón o gaveta de nuestro armario. Busqué placas y partes médicos que me permitieran demostrar la fragilidad de la tesis de preexistencia del padecimiento, que se había constituido junto con el argumento de tratamiento experimental en uno de los fundamentos en contra de la intervención; pero Memo había sido siempre un hombre sano, hasta que llegó súbitamente la enfermedad, y podíamos demostrarlo. En cuanto a la presunción de que se trataba de un *procedimiento insuficientemente probado*, reuní cartas de especialistas en la materia que confirmaban lo contrario.

El reencuentro con esos datos se mezcló en mi cabeza con una suerte de indignación y molestia. De inmediato busqué comunicarme con Villalba por teléfono, pensé que aquella vez sí iba a tener que escuchar lo que teníamos para decir. Mi primera llamada se perdió en un sinnúmero de opciones automáticas, recepcionistas y secretarias, antes de interrumpirse abruptamente. Hubo una segunda y también una tercera, fue en esta última donde estuve cerca de lograr mi objetivo, la asistente personal del doctor dio entrada a mi petición, *Le estoy comunicando* dijo, pero como en tantas otras ocasiones solo conseguí dejar mi mensaje en una grabadora. Después de hacerlo me senté allí, sobre mi cama, inmóvil, rodeada de documentos perfectamente ordenados. Me senté, a esperar otra vez, a que Villalba me devolviera la llamada, o la asistente de Villalba, o la asistente de la asistente de Villalba; esperando como siempre a que pasara algo distinto, algo bueno.

Pero un zumbido molesto se instaló en mi mente y ya no me dejó en paz. No era exactamente un ruido, era más bien una sensación física, una sensación de rabia que iba en aumento, como una vibración, o un temblor interior. Pero no me malentienda, no había nada confuso allí, al contrario, tuve la sensación de tener, por primera vez, una claridad meridiana en cuanto a lo que debía hacerse. Supe que no podía seguir permitiendo, como una lógica natural de las cosas, lo que nos estaba pasando. Porque aquello no era natural, ni normal, ni decente. La única pregunta que me amargaba la saliva en la boca era: ¿por qué había esperado tanto?

# Los otros

Sí, fui yo quien atendió ambas llamadas en la delegación de Policía. La esposa del doctor Villalba fue la que se comunicó primero para denunciar un delito; nos habló de la mujer y del ataque sufrido por su marido. Pero por lo que supimos después, el problema se originó más temprano, en el edificio de la empresa Alta Salud en el cual el médico que fue agredido trabaja. Sin embargo, la compañía de seguros no hizo una reclamación inmediata, quiero decir al momento del altercado en sus oficinas. Desconocemos la razón, pero el hecho es que para cuando nos llamaron el evento en casa del médico ya había sido denunciado y atendido por nosotros. Al parecer la acusada, Sonia Bonet, ¿puedo llamarla por su nombre?...

... Bien, sí, ella se presentó en dichas oficinas, al mediodía según entiendo, y pidió una cita con el doctor Villalba o en su defecto con algún superior responsable. En la opinión de todos los que la vieron, estaba alterada; presentaba rasgos de algún tipo de desorden emocional. No quiero decir que estuviera mentalmente insana, nada de eso. Pero según lo dicho por los presentes parecía profundamente afectada por algo.

Dicen los testigos que el problema surgió por una cuestión meramente circunstancial, un error en la cadena de información, pero ella se lo tomó muy mal. La secretaria que ocupaba la recepción en la mañana abandonó su turno anticipadamente y, al parecer, no habría dado cuenta del pedido de la señora Bonet a su sucesora, lo que provocó una larga espera, cerca de dos horas según entiendo, durante las cuales la mujer se mantuvo siempre en una sala contigua a la recepción. Nadie ha sabido dar cuenta de lo que hizo en ese tiempo, tal vez nada, estaba acompañada por su hijo adolescente, así que posiblemente charlaban, no lo sé.

Cuando se acercó a la segunda secretaria para refrendar su pedido, ella... bueno, al parecer no la trató muy cordialmente, me refiero a la recepcionista. De hecho las dos primeras veces que Bonet lo intentó, la secretaria no quiso escucharla, y fue tajante al decir que si le habían indicado aguardar sentada que entonces fuera e hiciera lo que le habían dicho, asegurándole que ya la llamarían.

Sonia Bonet así lo hizo. Sin embargo, bastante más tarde y viendo que nadie acudía para atender su pedido, la acusada insistió por tercera vez. Fue recién entonces que la otra accedió a escuchar la naturaleza de su solicitud y de los motivos que la llevaban a estar en aquel sitio.

Y ahí surgió el problema grave. La joven recepcionista tuvo que reconocer que la persona a quien la señora Bonet esperaba ver ya no estaba disponible. Le explicó que, si bien más temprano en efecto había estado en el edificio, a esa altura del día ya se había retirado. La mujer, Bonet, se inconformó y levantó la voz.

Sé que no me corresponde opinar, pero pienso que su enojo era justificado; lo mismo hubiera hecho cualquiera en su caso. Me permito recordar que para entonces llevaba mucho tiempo esperando, además de que según he sabido tenía a su esposo en un pésimo estado de salud aguardándole en casa.

Ante la indignación de la señora Bonet, la secretaria se limitó a responder que si lo creía pertinente podía llenar una solicitud de inconformidad con el servicio y agregó que si la queja prosperaba sería atendida por alguno de los directivos. Le extendió un formulario rápidamente por encima del mostrador intentando detener en seco el reclamo verbal. Pero también fue específica al aclarar que, en cualquier caso, ese día ya era demasiado tarde para hacer nada, dado que todos los responsables se habían retirado y solo permanecían en la oficina unos pocos funcionarios.

Tengo entendido que dijo *Puede gritar o llenar ochenta mugrosos papeles, haga como quiera, a mí me da igual, pero ya se retiró todo el mundo... es viernes.* Ella misma ha corroborado que esas fueron sus palabras. De cualquier forma, lo que terminó sacando de quicio a la acusada no fue esa discusión, sino que todo el asunto de la ausencia del médico en las oficinas resultara ser una mentira. Porque Villalba sí se encontraba en el edificio.

·•·

No sé qué quiere que le diga. Aquí tenemos muchas políticas y un protocolo estricto para casi todas las situaciones, pero esta no estaba prevista en ningún manual. Nunca oí nada parecido. Actué lo mejor que pude y no es cierto que hablé mal a la señora Bonet. Ella llegó hasta mí cuando ya estaba furiosa y harta de esperar. No niego que tuviera un poco de razón. Hubo un error de mi compañera que no me notificó su solicitud, y para cuando ella me insistió en su pedido el doctor Villalba ya se había retirado de las oficinas...

... ¿Dos veces? La verdad eso no lo recuerdo, creo que solo tuvimos una conversación. No lo sé. De todas formas desconozco lo que la otra recepcionista le habrá prometido, porque tenemos órdenes muy específicas de explicar a los usuarios que las quejas o reclamaciones deben hacerse por vía escrita, así que igualmente no iba a pasar; ni Villalba ni nadie la iba a atender sin tener una cita.

En todo el año que llevo trabajando para Alta Salud nunca he visto a ningún funcionario o médico alterar esa regla. Sería imposible que cada persona inconforme fuera atendida de buenas a primeras. Se estudia caso por caso y eso lleva tiempo. A nosotros se nos instruye claramente en el asunto: la consigna es aplazar la toma de decisión sobre las situaciones; por eso se le sugiere a los quejosos la elaboración de un escrito, con eso ya se puede averiguar si la petición procede y así nadie pierde su tiempo. ¿Tiene idea de la cantidad de usuarios insatisfechos que asoman su cara por las oficinas cada día? No se puede ni imaginar la variedad de solicitudes absurdas que se les ocurren a las personas. Y eso por no contar las llamadas telefónicas, ¡un infierno!

Créame, fue ella la grosera. ¿O no le parece una descortesía la amenaza de arrastrarme de los pelos por la oficina? A mí, se da cuenta. ¿Y cuál era mi responsabilidad en todo el asunto, si se puede saber?...

... No, no fue así. Quiero aclarar que es falso que yo le haya mentido. Cuando ella me manifestó que su pretensión era entrevistarse con Villalba, él ya no estaba trabajando y así se lo dije. Era la verdad. ¿Qué culpa tengo yo si el doctor tuvo la maldita ocurrencia de volver a la recepción de pronto? Regresó a la oficina, es cierto, pero solo porque el automóvil de otro funcionario imposibilitaba la salida de su propio coche...

... No lo sé. No tengo ni la menor idea de en dónde se encontraba en los minutos previos a eso, desde luego no en la oficina. Le reitero: el hombre ya no estaba en labores. Tal vez había salido a comer o a comprar algo en las tiendas cercanas, muchos lo hacen y dejan el automóvil en el estacionamiento del edificio.

Villalba subió exclusivamente para solucionar algo concreto y que nada tenía que ver con trabajo, ni siquiera pasó por su escritorio. Mientras yo le hacía favor de llamar a la recepción a Édgar Báez, el compañero que debía mover el automóvil, me tomé la atribución de hacerle notar sobre la presencia en la sala de espera de una mujer que necesitaba verlo con urgencia. Se lo mencioné por si acaso él quería actuar al respecto, no porque fuera mi obligación.

El doctor buscó con la mirada a la mujer mientras yo le explicaba lo sucedido. Pienso que ese intercambio de palabras entre ambos fue lo que vio la señora Bonet y al notar que nuestra atención se centraba en ella habrá supuesto que hablamos de su caso. Unos segundos después, Villalba dijo que no la atendería y se encaminó hacia la salida moviendo negativamente la cabeza ante mi sugerencia. Deduzco que fue la conjunción de esos factores lo que puso a la mujer en estado de alerta.

¡Y pensar que yo había hablado en su favor! Lo hice porque la noté francamente angustiada y me dio lástima. ¿Qué más se supone que yo hiciera? Imaginé que con un poco de buena voluntad Villalba podía ayudarla. Pero ya ve cómo me fue por ponerme a hacer preferencias, debí haber aplicado el protocolo como hago siempre. Por eso prefiero no conocer a nadie, ni involucrarme con la historia personal de los clientes. A quien quise proteger resultó ser una maniática...

... ¿Qué pasó? Pues que en cuanto el médico entró en el elevador acompañado de Báez, ella se abalanzó literalmente sobre el mostrador de recepción. La observé de reojo desde que se puso en pie, y ya traía la cara roja por la rabia mientras caminaba. Detrás de ella también se paró el muchachito; luego supe que era su hijo. Creo que el jovencito se dio cuenta de que la madre estaba a punto de descontrolarse porque en el trayecto venía intentando refrenarla, hablar con ella o yo que sé; varias veces la tomó por el brazo, pero ella se soltaba y seguía avanzando. Evidentemente la mujer estaba demasiado furiosa como para entender razones.

¡Tendría que haberla visto! Me preguntó si el que había salido era Villalba, y yo al principio me negué a contestar, pero cuando me agredió tuve miedo, verdadero miedo. ¡Me cogió de los cabellos con las dos manos! Fue por eso que le confirmé que el que había salido de la recepción hacia el estacionamiento era quien ella buscaba. Y ahora me siento fatal por haberlo hecho, incluso es probable que pierda el empleo por culpa de todo este estúpido asunto...

... Sí, es verdad, hubo una tardanza en notificar a la policía, pero esa no fue mi decisión. Yo me comuniqué con mi superior de inmediato, tuve que molestarlo en su casa para contarle lo ocurrido. Supongo que él habrá evaluado la necesidad y la conveniencia de dar aviso y me dijo que no lo hiciera. Tal vez consideró que lo sucedido no era tan grave o que no pasaría a mayores. ¿Yo qué voy a saber?

Claro que si me hubieran preguntado, yo sí que hubiera predicho que el asunto no se acababa con el jaloneo en la recepción; había algo realmente violento en esa mujer. Pero ya ve, nadie consultó mi opinión, aunque ahora me pongan delante de micrófonos y abogados como si todo fuera mi problema. A mí me indicaron que no denunciara nada a las autoridades y cumplí la orden. Más tarde decidieron notificar los hechos a la policía, pero yo ya no estaba en la oficina y por eso desconozco la razón del cambio de planes.

Con quien sí intenté comunicarme fue con Villalba, a su teléfono celular, pero no tuve éxito.

• • •

No tengo mucho que decirle. No vi gran cosa y no escuché nada; estaba dentro de mi coche con el radio muy fuerte cuando la mujer se precipitó dentro del estacionamiento...

... No, no había ningún muchacho con ella. Bajó sola, eso lo recuerdo perfectamente. La vi avanzar con determinación entre las dos filas de automóviles estacionados e ir directo hacia el doctor Villalba. Él estaba de pie junto a su coche, quitándose el saco y de espaldas a la mujer, me parece que no la sintió venir. Tengo la impresión de que llevaba auriculares, tal vez estaba escuchando música o hablando por teléfono, pero eso no puedo asegurarlo. Lo que noté fue que él no se giró hasta que la mujer lo tocó en el hombro; por eso asumo que no la escuchó hasta que la tuvo encima. Luego intercambiaron algunas palabras...

... No, al principio hablaron con normalidad; no me pareció que ninguno de ellos estuviera especialmente alterado. Ella pretendió mostrarle unos documentos que llevaba consigo, los retiró del sobre, incluso...

... No, por la distancia no alcancé a distinguir qué era lo que le mostraba. Yo seguía esperando con impaciencia a que el doctor se subiera al auto y lo moviera, quería estacionar el mío en el sitio que quedaría libre, fue así que tuve que resignarme a presenciar la conversación completa. Las últimas frases sí las oí, bajé el volumen del radio para poder hacerlo...

... No sé muy bien por qué, creo que me llamó la atención la actitud de ella, como que se fue alterando de los nervios. Villalba se negó a tomar los papeles y ella volvió a extendérselos en el aire; aunque sus palabras eran amables, empleó un gesto, ¿cómo le diría?, un tanto imperativo. Frente a esto el doctor pareció exasperarse del todo, le explicó que no estaba en horario de oficina y que no tenía ninguna obligación de atenderla; esto se lo dijo ya hablándole feo. Aventó el saco, que aún conservaba en las manos, en el asiento trasero del coche y luego se subió sin más, dejando a la mujer con la palabra en la boca.

Ella se quedó un instante absolutamente quieta, como desconcertada o pensando, mientras el auto del médico arrancaba. Hice sonar el claxon de mi coche para pedirle que se moviera. Pero ella no hizo caso, ni siquiera me miró, se quedó observando en dirección al auto de Villalba, que ya se había alejado unos metros. Bajé la ventanilla y la llamé, conseguí su atención un momento, pero sus ojos me observaron como si su mente estuviera en otra parte; no sé si llegó a entender mi pedido.

Después, sin previo aviso, se echó a correr hacia la salida que conduce a las escaleras. No vi ninguna otra cosa que pueda ayudarle; cuando se fue me concentré en estacionar mi coche. Al regresar a la oficina no comenté el asunto con nadie, conozco a Villalba muy vagamente y la verdad no hubo nada que me llamara la atención como para registrarlo como relevante...

... Sí, había cierto revuelo en la recepción. Luisa, la recepcionista, lloraba, pero lo hace con frecuencia, así que no pregunté nada. La verdad es que no me gusta meterme en la vida ajena.

•••

Yo venía conduciendo despacito por la avenida. Así le hago siempre que necesito levantar pasaje; voy midiendo a la gente que camina: si alguien se ve cansado, o va con niños, o con bultos grandes; hago sonar el claxon del coche como para avisar, para ver si requieren mis servicios. Esa vez llevaba un buen rato en blanco, así que cuando los vi de lejos, a ella y al muchacho, disminuí la marcha. Estaban frente a un edificio de oficinas muy alto, parados junto a la calle, por lo que pensé que tal vez buscaban taxi. Ya cuando estuve más cerca, noté que estaban discutiendo, o no sé qué harían, pero hablaban haciendo muchos gestos con sus manos, y también me fijé en que la mujer miraba hacia la entrada de un estacionamiento próximo, como esperando por alguien. Así que me dije que no, que esos no tenían pinta de querer ser mis clientes y empecé a desviarme para retomar mi carril en la avenida. Ya ni les toqué el claxon ni les avisé nada.

Pero luego, exactamente enfrente de mí, salió del estacionamiento del edificio un coche rojo, y la mujer, en cuanto lo vio, se puso a hacerme señas como loca para que me detuviera. Casi se aventó encima de mi carro. Frené y subieron los dos.

Me parece que al principio la señora no quería que el muchacho la acompañara porque al subir hizo un movimiento como de cerrar la puerta, nada más que el chamaco se le adelantó y se trepó rapidito junto a ella. Y ahí la mujer que me dice *Siga a ese coche*. Al rojo que le digo que acababa de salir del edificio. Y yo lo sigo. Era un carrote, un Audi nuevecito. Por suerte se había quedado atorado en el tráfico, así que no tuve problema para alcanzarlo...

... No, no me pareció raro. La gente me dice siga y yo sigo, me dicen frene y yo freno, vamos a tal lado, y a tal lado los llevo, así es mi trabajo.

Seguimos el coche por un buen rato, cerca de una hora, hasta la puerta de una casa muy grandota allá por las Lomas; ahorita no me recuerdo el nombre de la calle. El señor que manejaba el auto rojo abrió con un control remoto y entró con todo y carro al garaje de la casa...

... No, no venían en silencio, pero la mera verdad no hice caso de la conversación que llevaban; yo venía escuchando el radio, las noticias. Solo al final tuve conocimiento de que algo andaba mal entre ellos, porque llegando a la casa comenzaron a levantar la voz y como que no se decidían a bajarse. Me preocupó que no me quisieran pagar o que ocurriera algún tipo de problema, y entonces sí comencé a prestar atención.

La mujer le decía que solo quería hablar un momento con el hombre; el que le digo del carro rojo que veníamos siguiendo. El joven respondió que no valía la pena, que nada más iban a pasar un mal rato, que mejor esperaran al lunes para ir a las oficinas. Él no quería descender del taxi y hasta afirmó su mano en la puerta, para que ella no abriera. Recién en esa plática me di cuenta de que eran madre e hijo. Discutieron un buen rato, pero no como que yo le diga con violencia, eso no, estaban necios cada uno en lo suyo, pero no se faltaban al respeto.

Luego ella como que se cansó de alegar y le dijo al muchacho que ya, que mejor se fuera conmigo para la casa y que prefería ir sola. En ese momento buscó el monedero para pagarme y algo pesado se le cayó al suelo; no sé qué sería, yo quise ayudarla pero rapidito ella regresó todo a su bolso y ya no vi. Pero el chamaco no se quiso seguir en el taxi, como que se resignó a lo que la mamá quería y se bajó; aunque no me pareció que se quedara para nada contento.

La mujer pagó y también se salió. Pero hasta donde yo vi, por el espejo retrovisor mientras me alejaba, ni se acercaron a la entrada de la casa ni tocaron el timbre ni hicieron nada. Solo hablaban.

Yo creo que le siguieron duro y dale con la misma discusión.

•●•

Fui yo quien les abrió la puerta. Se presentó explicando que buscaba a Miguel, mi marido, y estaba muy alterada. Si no hubiera sido por el jovencito que la acompañaba probablemente no la hubiera dejado pasar; pero el muchacho parecía muy tranquilo, muy dulce. Fue él quien me explicó que mi esposo era el médico coordinador en el caso de su padre que estaba muy grave a causa de un cáncer; al parecer, el hombre se había puesto peor durante la noche. Imaginé estar en la situación de ella y concluí que su ansiedad estaba más que justificada. Fue entonces que los hice pasar.

Antes de que llegaran a dar dos pasos dentro de la sala, mi esposo ya nos había alcanzado. Por su cara noté que no esperaba visitas y que, sin embargo, reconocía a la mujer; lo vi en la mueca de disgusto que me dedicó antes de encararse con los visitantes. Son muchos años de conocernos.

Recuerdo que estaba vestido con ropa deportiva, pantalones cortos y blancos. Era viernes y, como todos los viernes, tenía un juego de *squash* con sus colegas; ese partido es casi un ritual para él, no se lo pierde por ningún motivo. Así que bajó para salir, no en respuesta al timbre, estaba apurado y se le notaba.

Ni bien lo tuvo enfrente, la mujer le pidió, *Nuevamente le suplico* dijo, que revisara unos documentos y que corroborara si la firma al pie de cada uno de ellos efectivamente le pertenecía. También pidió que, de ser así, por favor le recibiera unos documentos que habían preparado para él.

Miguel se negó, tal vez muy rápido pero fue amable. Quería ser expeditivo, así que de inmediato se comprometió a recibirla en la oficina el lunes siguiente, muy temprano. *Llegue sin cita*, le dijo, *yo la estaré esperando*. Después amagó acompañarla hacia la puerta; pero era viernes y ella no quería esperar, o según explicó, el dolor que padecía en aquel mismo momento su marido no les dejaba margen para la paciencia.

La mujer intentó cambiar el tono de la conversación, y dijo *Tal vez empezamos mal, me presento correctamente: mi nombre es Sonia Bonet, él es mi hijo Darío y mi esposo Guillermo está asegurado con Alta Salud desde hace quince años*. Estaba decidida y tomó una ínfima vacilación de Miguel ante sus palabras, una ligera pausa, como una señal de condescendencia a oír lo que ella venía a decirle. Todo ocurrió tan rápido, que aun sin quererlo yo también me encontré escuchando.

No sé muy bien qué me pasó después; tal vez fue la ropa deportiva de Miguel y su urgencia por irse, ya que si bien prestaba atención no dejaba de producir un golpeteo rítmico e impaciente con la raqueta sobre su pierna; o a lo mejor fue por la mujer, que no era ajena a ese gesto y se desesperaba por hablar rápido, atropellándose, tomando cada minuto como una ganancia mientras el sudor le mojaba la frente; o sería el muchacho con aquel rostro tan triste, que se mantuvo codo a codo junto a su madre, agregando algún detalle en la descripción de la enfermedad, pero con la resignación de quien parece intuir la inutilidad detrás del intento; o fue todo eso ocurriendo al mismo tiempo, no lo sé, reconozco que a veces soy demasiado sensible, pero lo cierto es que el conjunto me resultó muy desagradable. De pronto me sentí muy incómoda, como si me asfixiara bajo tanta angustia ajena y sentí la imperiosa necesidad de romper con la situación y desaparecer de allí.

Sin pensármelo dos veces, los invité a pasar y a sentarse en el sillón para poder hablar tranquilos. Miguel me lanzó una mirada furibunda que me causó aún más nervios en el estómago, si es que eso era posible, y me dejó bien claro que había metido la pata. Yo fingí que no me daba cuenta y salí apresurada hacia la cocina.

Una vez allí decidí servir limonada fresca. Sé que suena estúpido pero eso fue lo que hice; puse jarra y vasos, hielo y servilletas de papel en una bandeja y volví. Fueron solo unos minutos, pero para cuando regresé la situación había cambiado por completo.

La mujer, con un despliegue de fotos colocadas frente a Miguel, insistía locamente en que las tomara en sus manos. Recuerdo que repitió varias veces *Es mi marido, es una buena persona, mírelo, por favor, mire su fotografía una sola vez.* Sobre la mesa también estaban dispersos el resto de los papeles que había traído consigo. Me había ausentado de algo importante y ahora no sabía cómo volver a entrar a escena, así que permanecí inmóvil, con la bandeja en las manos bajo el dintel de la puerta.

Entonces, después de insistir un par de veces más en que aquel no era el lugar ni la forma de discutir el problema, Miguel perdió finalmente la paciencia y amenazó a la mujer con llamar a la policía si no se retiraban en el acto de nuestra casa.

Para mi sorpresa ella no se dio por vencida, al contrario, subiendo el tono de voz le exigió una explicación acerca de la negación al tratamiento de su marido. *Si fuera su esposa,* alegó, *estoy segura de que lo aprobaría, intentaría cualquier cosa si eso pudiera darle algunos años más de vida.* Eso dijo y miró en mi dirección. Como la mujer me observaba di un paso dentro de la estancia. Me sentí interpelada a decir algo y en algún sitio de mi cabeza le daba la razón, pero no quise desautorizar a mi marido así que rehuí su mirada y guardé silencio. Aunque me sentía íntimamente sacudida por la emoción de la mujer, me callé.

Miguel en cambio no pareció conmoverse. Sin contestarle, fue al teléfono y comenzó a marcar un número. Fue en ese momento que la pistola apareció en la mano de la mujer. No llegué a ver de dónde la sacó. Su actitud ya no era de exaltada súplica, estaba rígida y apuntaba directo hacia el estómago de mi marido. Creo que dijo *Lo siento mucho,* o algo así.

Pensé que iba a dispararle, y la bandeja, después de temblar un segundo en mis manos, se fue al suelo. De inmediato me agaché a recoger el desastre de vidrios rotos; ninguno de los presentes me hizo caso. Miguel se puso pálido ante la presencia de la pistola y colgó el teléfono sin que la mujer se lo pidiera, luego alzó ligeramente las manos a los lados del cuerpo, muy despacio, hasta mostrar un gesto defensivo, apaciguador.

Después todos permanecimos silenciosos por un rato, como si nadie supiera cómo continuar a partir de allí. Al final Miguel se dejó caer en el sofá más próximo, siempre con las manos en alto, y comenzó a hablar.

Aceptó ser el dueño de las firmas, a la vez que explicaba a la mujer que nada de todo aquello era personal, que se trataba de políticas del seguro médico. Insistió, aunque débilmente, en que el tratamiento solicitado era experimental, que no había datos suficientes que lo avalaran para ser aplicado en este caso específico. Trató de justificar su firma, pero ella tenía cifras y poseía información muy concreta: el mismo proceso clínico se había usado con éxito en distintos hospitales para la misma variedad de cáncer y se lo dijo. Apremió al muchacho para que le entregara a Miguel la carpeta que habían preparado. El joven juntó los papeles desperdigados sobre la mesa y, en un gesto de una ingenuidad conmovedora, sumó también las fotos familiares. Luego hizo el amague de alcanzárselos. Ambos se aferraban a la posibilidad de que todo se tratase de un equívoco, a la creencia en una ignorancia exenta de mala fe. Pero Miguel ni siquiera alzó la mano para tomar las cosas que el muchacho le ponía enfrente.

Habrá dudado de su propio discurso o estaba demasiado asustado para discutir, lo cierto es que le soltó a bocajarro la información interna de Alta Salud que justificaba sus acciones. Le explicó en pocas palabras que ellos, los médicos coordinadores, tenían esa función dentro de la empresa; debían encontrar los motivos para denegar los tratamientos costosos. Padecimientos preexistentes, errores en las solicitudes, inconsistencias en los diagnósticos; cualquier cosa que permitiera un ahorro a la compañía de seguros. En el caso de ellos se habían decantado por el argumento de que el procedimiento pedido era inusual. Cada coordinador necesitaba conseguir una cierta cantidad de rechazos para mantener el puesto; se les premiaba con ascensos, a veces también con viajes, promociones, cosas por el estilo. No hubo duda en su voz, ni arrepentimiento, ni amargura, tampoco satisfacción, era una descripción imparcial de los hechos.

Yo, en cambio, lo escuchaba y solo podía pensar en nuestras últimas vacaciones. Sabía perfectamente que aquello no era culpa de mi esposo, es su trabajo y él hace lo que le dicen; uno no llega a la empresa que lo contrata imponiendo su modo de mirar las cosas. Sin embargo, no podía apartar de mi mente ciertas preguntas. ¿Cuántos? ¿Quiénes? ¿Qué había sido de los que sufrieron para que nosotros fuéramos a París en primera clase?

# ELLA

¿El arma? Era de Memo. Hasta pocos días antes de lo ocurrido yo no sabía que todavía la teníamos. Es una Smith and Wesson vieja. Cuando nació Darío le hice prometer que la sacaría de casa. En teoría iba a venderla o a regalarla pero no lo hizo. Desconozco la razón y para cuando la encontré ya había pasado muchísimo tiempo desde su promesa, así que tampoco quise preguntarle por su cambio de opinión. Podría haber sonado como un reproche, y él ya no estaba para que le vinieran a censurar nada.

La encontré en una gaveta alta de nuestro armario. Fue mientras intentaba dar con todas las placas y resultados de resonancias que hubiera tenido Memo en su vida; quería probar que siempre había sido un hombre sano hasta la llegada del maldito cáncer. Di vuelta hasta el último cajón y así fue que encontré el revólver. Estaba envuelto en papel periódico y acompañado por una caja intacta de balas. Así como lo hallé volví a guardarlo, pensando que ya me desembarazaría de él en otro momento, pero más tarde cambié de parecer...

... Sí, sabía usarla. Hacía muchísimos años que no disparaba, pero siendo jóvenes Memo me enseñó cómo hacerlo...

... Mire, yo podría decirle que tenía el arma conmigo porque iba a regalarla, que fue una casualidad o que siempre acostumbraba a llevarla por seguridad personal, pero no fue así. Estaba cansada de no recibir respuestas, o mejor dicho, de recibir contestaciones que eran una burla a nuestros derechos. La tomé porque estaba dispuesta a usarla.

Cuando la metí en mi bolso no pensé en disparar, mucho menos en herir a nadie, pero estaba rabiosa y quería obtener un resultado distinto a la displicencia con la que nos habían tratado. Y las armas funcionan para que te escuchen. Para ellos no existíamos, ¿entiende? Memo se estaba muriendo aunque había una clara posibilidad de extender su vida y a nadie parecía importarle. Ni en los organismos públicos ni en las oficinas de Alta Salud querían escucharnos, y la burocracia era una trampa que solo nos hacía perder el tiempo; un tiempo que no teníamos.

Si lo que usted quiere saber es si hubo premeditación en mi gesto, la respuesta es que la hubo. Nunca pensé que las cosas acabarían complicándose tanto, pero la tomé porque estaba llena de rabia. La experiencia de los últimos meses me indicaba que no podría conmover a nadie con palabras, ni con peticiones justas, ni con diagnósticos médicos bien documentados. Me habían expulsado a patadas del mundo de lo razonable, de la creencia en una sociedad civilizada. Y un animal salvaje acorralado no llora, muerde.

# LOS OTROS

Lo lamento pero no me siento capaz de recordar con exactitud lo que se habló ese día. Todo lo que dije a esa mujer lo hice frente a un arma que me estaba apuntando. Eso le quita valor a mis respuestas...

... No, no quiero decir que haya faltado a la verdad, me refiero a que no pude elegir mis palabras, fui obligado a ellas. Fue una declaración cedida bajo presión...

... Le reitero, no puedo recordar exactamente la información que di...

... ¿Eso declaró mi esposa? Sí, bueno, ella no conoce el funcionamiento interno de la compañía para la que trabajo, probablemente entendió mal lo que yo trataba de explicar a la señora Bonet. Intenté razonar con la mujer para que comprendiera cómo funciona una compañía de seguros, procuré explicarle que no siempre procede el pago de las pólizas. Pero también quise ponerla al tanto de los pasos naturales que podía seguir una reclamación como la suya. Aunque el tratamiento de su esposo había sido denegado en tiempo y forma bajo mi conformidad según las especificaciones y datos que llegaron a mi oficina, ella podía pedir...

... No, no recuerdo los detalles, sé que la causal alegada fue que el método era considerado como experimental, en nuestra jerga eso quiere decir que el promedio de casos en que el tratamiento concluía exitosamente no era alto...

... ¿Un sesenta y siete por ciento de casos de mejoría? Puede ser, no lo sé, habría que revisar las fuentes del estudio en que se basa esa cifra; hay datos muy engañosos. Los hospitales, e incluso algunos médicos, sugieren tratamientos costosos que no necesariamente dan resultados eficientes pero que dejan jugosas ganancias al sector. No me lo estoy inventando, puede investigarlo si gusta...

... Mire, estudio muchas peticiones cada día, no puedo recordarlas todas. De cualquier forma, para cuando llegan a mi escritorio, las decisiones ya están tomadas; solo soy un supervisor, firmo como responsable de un equipo médico. Por eso mismo no recordaba los detalles del caso del esposo de la señora Bonet; igualmente, lo que traté de explicarle a ella ese día, y se lo explico ahora a usted, fue que en el punto en que se encontraba la causa, el motivo del rechazo ya no era lo más relevante. Intenté que la señora Bonet comprendiera que la única posibilidad que tenía de virar una denegación al tratamiento, era llevar su situación frente a la junta directiva de la compañía; ellos son quienes tienen la potestad de alterar una decisión de esa naturaleza. No es algo que ocurra con frecuencia pero existen antecedentes. Los nombres de los miembros de la junta directiva se los di yo...

... No, eso no. Fue mi esposa quien le dijo que podría encontrar a varios de ellos esa misma noche en el club; ella sabe que algunos de los directivos comparten conmigo su afición por el *squash*. Pero no se lo reprocho, ambos estábamos asustados y seguramente temía por mi vida. Por eso le dijo dónde podía hallar a esas personas. Y efectivamente, ya con esos datos en su poder, la mujer dejó de presionarnos y nos obligó a subir a la segunda planta, siempre a punta de pistola.

Fue un momento francamente difícil, no sabíamos qué iba a pasar con nosotros. Recuerdo que a mitad del trayecto hacia la escalera reparé en el atizador de hierro que utilizamos para la chimenea, estaba en nuestro camino. Intenté calcular si sería lo suficientemente veloz para tomarlo y golpear con él a la mujer; el problema era que caminábamos los cuatro en fila: mi esposa venía detrás de mí y también el muchacho se interponía entre Bonet y yo. Di una cabeceada hacia atrás, midiendo la distancia y la oportunidad que tendría, pero me topé con los ojos de mi esposa y un gesto discreto de su cabeza que me señalaba su negativa a lo que fuera que me proponía hacer. Yo no había dicho ni una palabra pero evidentemente nos conocemos lo suficiente como para adivinarnos las intenciones. Así que la idea se encendió y se apagó dentro de mi cabeza en apenas un segundo.

Después de eso nos dejamos conducir dócilmente escaleras arriba. Nos hicieron pasar al baño en suite de nuestra habitación. Al otro lado de la puerta los oímos intercambiar un par de frases, pero sin entender lo que se decían. En determinado momento la mujer entró y para sorpresa nuestra le preguntó a mi esposa dónde guardaba la ropa interior. Mi mujer salió del baño a buscar lo que le pedían. Me quedé solo un momento; sin hacer ruido busqué en los cajones bajo el lavabo sin encontrar nada contundente con lo cual defenderme.

Unos minutos después volvieron todos. Dentro del baño nos maniataron con las medias de seda de mi esposa. Fue el muchacho quien se ocupó de esa parte, mientras la Bonet nos seguía apuntando. Hubo gran sangre fría de parte de ambos. Cuando finalmente nos dejaron allí dentro encerrados, pensé que también iban a robarnos nuestras pertenencias;

presté atención para ver si merodeaban en nuestro dormitorio pero no alcancé a escuchar nada más. Con gran esfuerzo conseguimos soltar nuestras ataduras y salir. Tardamos hora y media en hacerlo. Ni bien logramos tomar un teléfono avisamos a las autoridades del asalto...

... No, en realidad no se habían llevado nada, utilizo esa palabra para referirme a la invasión de propiedad y la violación a nuestros derechos, eso para mí constituye un asalto. ¿Acaso no lo es?

•●•

Se acercó a la recepción del club más o menos a las siete de la tarde, pero la verdad no la recuerdo muy bien, me refiero a su cara. Todo fue muy rápido, intercambié con ella solamente un par de palabras, así que no estoy seguro de poder identificarla si la vuelvo a ver; no soy buen fisonomista. Recuerdo sí que la mujer tenía un sobre abultado en la mano, y me explicó que necesitaba hablar con urgencia con el señor Sandoval Núñez o con Nicolás Pietro, según expresó venía de parte del doctor Villalba, quien no podría llegar a tiempo para el partido de *squash*. Estaba un poco agitada por lo que pensé que debía tratarse de algún imprevisto grave: la firma de un contrato que necesitaban y que no podía esperar al lunes, un accidente laboral, cualquier cosa de ese tipo...

... No, ella no dijo para qué los quería ver. Supongo que el sobre con documentos que llevaba consigo fue lo que me hizo pensar en un asunto de trabajo.

En general, no acostumbramos dejar pasar a quienes no son miembros del club; es un lugar muy exclusivo, tenemos algunos clientes famosos, y por eso intentamos evitar a los curiosos. Pero en este caso me tomé la libertad de hacer una excepción. Y es que eventualmente hay que romper las reglas para dar un servicio de excelencia; varios de nuestros asociados son directivos de empresas importantes y suelen tener mucha gente trabajando alrededor, nuestra meta es que el club les provea siempre de soluciones en cualquier orden de la vida en que podamos serles útiles, nunca debemos provocar dificultades...

... Sí, efectivamente se podría pensar que falló mi discernimiento en esta ocasión. Pero en mi defensa debo aclarar que la mujer manejaba nombres y apellidos de los socios a quienes buscaba y también del socio que supuestamente era el emisor del mensaje, eso fue lo que me confundió. Además ella se veía muy respetable, quiero decir, es una mujer blanca, estaba bien vestida, se veía muy normal. Todo eso me hizo suponer que se trataba de una asistente o secretaria de la compañía. Como sea, el hecho es que le indiqué la ruta de acceso hacia las canchas de *squash*, aunque también le advertí que, por la hora, existía una gran posibilidad de que ya hubieran terminado el juego.

La mujer agradeció mis instrucciones y se alejó caminando apresuradamente. Hasta ahí su presencia no me resultó en absoluto inquietante. Pero en el momento que la vi franquear la entrada hacia el interior del club, noté que se le sumaba un jovencito al que ella apoyó una mano sobre el hombro para hacerlo pasar a través de la puerta; lo hizo casi como empujándolo, como si el chico no quisiera entrar. Confieso que eso sí me llamó la atención; la actitud, una cierta incomodidad entre ambos.

Y hubo un gesto en particular: el muchacho giró la cabeza en mi dirección antes de acceder al interior, pero un segundo después la agachó, como avergonzado al cruzar su mirada conmigo. Eso fue raro. De pronto la visita ya no parecía ser tan profesional, porque ese jovencito, que no rebasaba los quince años, no podía ser el empleado de ninguna empresa.

Por un segundo pensé en detenerlos para preguntar a la mujer su cometido específico, también me arrepentí de no haberla invitado a que me diera el mensaje o el paquete para entregarlo yo mismo a Sandoval, pero en ese momento se acercó un cliente para hacerme una consulta sobre horarios y clases, y ya no tuve oportunidad de alcanzarlos ni de pensar más al respecto. Al poco rato olvidé el asunto. Los viernes a última hora el club se llena; no es que estemos hacinados, se trata de un lugar exclusivo como ya le he dicho, pero sí hay muchos pedidos que atender.

Más tarde nos enteramos del altercado en los vestidores y también de que la mujer y el muchacho habían abandonado el club por el estacionamiento en el automóvil de Sandoval. Actualmente nos hallamos implementando nuevas normas de seguridad y restricciones severas al acceso.

·•·

Estaba casi adormilado en la cabina del sauna para caballeros cuando irrumpió la mujer. Éramos cuatro ahí dentro y nos encontró prácticamente desnudos. Apareció en medio del vapor como en una escena surrealista; el calor húmedo, iluminado por una luz tipo cenital, le formaba un halo alrededor de la cabeza; haga de cuenta que era como una estampa de santa Rita. Todo fue extraño, muy cinematográfico se podría decir. Entró completamente vestida de calle, con un sobre en la mano, y muy segura de sí dijo que estaba buscando al doctor Sandoval. Los primeros segundos nos quedamos los cuatro mudos, petrificados. Me cubrí mis partes privadas con la toalla y después me quedé tranquilo, a fin de cuentas yo no me apellidaba Sandoval...

... Si le digo la verdad, a mí la señora esa desde el primer momento me causó simpatía. No sabría decirle exactamente por qué. A lo mejor sería por su aplomo de plantarse así, con un par de huevos, a buscar a esos dos tiburones...

... No, no tengo ningún tipo de relación personal con ellos, sé lo que sabe todo el mundo: que la cantidad de dinero que tienen en el banco es equivalente a lo que ocultan en mierda. Trabajo para una agencia de publicidad, hemos hecho un par de campañas para Alta Salud y créame, sé de lo que hablo: aunque nunca las pierden están de demandas hasta las orejas. Es un secreto a voces, todas las compañías de seguros operan exactamente de la misma manera, obtienen beneficios escatimando los servicios a los imbéciles que pagan sin leer la letra chica del contrato...

... ¿Qué le estaba contando? Ah, sí, la señora aquella... ¿Qué puedo decirle?, me cayó en gracia, supongo que a todos nos gustan los justicieros. Es romántico ver que alguien cataliza el malestar que la mayoría sentimos. Ahora que, hablando con sinceridad, yo prefiero que el estúpido idealista que sale por ahí a perseguir hijos de puta sea otro. Bueno, como le decía... Uno de los dos hombres, no Sandoval, el otro, hizo un comentario subido de tono, algo acerca de que la presencia de la mujer en el sauna se debía a un servicio contratado de masajes eróticos. No recuerdo con exactitud las palabras pero fue una impertinencia. Igual ella no se inmutó y volvió a repetir su pregunta con mucha cortesía. Entonces el tal Sandoval le dijo *Soy yo, ¿qué quiere?* Y ella muy respetuosa va y le pide si puede salir un minuto para hablar, que tiene un asunto urgente que discutir con él. Pero el otro, el cretino de las bromas, vuelve a la carga y dice *Se ve que te conoce, ya sabe que no le duras ni un minuto,* o una estupidez por el estilo y le suelta un codazo cómplice a Sandoval que más bien parecía preocupado y no participó en ningún momento de la burla a la mujer.

*¿Usted también trabaja en Alta Salud?*, le pregunta ella interrumpiendo los comentarios idiotas. *Debe ser Nicolás Pietro,* agrega certificando como para sí misma la identidad del hombre, mientras el otro asiente sorprendido.

Creo que fue exactamente en ese momento que se asomó brevemente el muchacho. La cosa se ponía más y más rara. El hijo, sé que lo era porque empezó la frase diciendo *Mamá,* le comentó que en el interior del vestuario habían varias personas, por lo que les convenía marcharse pronto. Él no tenía nada del aplomo de la mujer, se veía nervioso y ni siquiera nos miró a los ojos. En cuanto tartamudeó su frase apurando a la madre, desapareció.

La mujer, nuevamente con su tono tranquilo, les pidió, ahora a los dos hombres que trabajaban en Alta Salud, que salieran de la cabina con ella. Aunque la señora hablaba amablemente había una tensión enorme que recorría el ambiente. Porque, vamos a entendernos, su actitud era muy extraña; entrar de ese modo, plantarse delante de un grupo de hombres desnudos, nada era muy natural que digamos.

Así que los dos empresarios requeridos rehusaron salir. Dijeron que no la conocían y que en realidad los estaba importunando en su momento de descanso, y también que se largara antes de que perdieran la paciencia y acabaran por llamar a un encargado del club para sacarla.

Entonces ella expresó una disculpa a quienes no teníamos nada que ver en el asunto y, recién en ese punto, sacó un arma del bolso y les apuntó a los dos tipos que pasaron a mirarla aterrorizados. Al mismo tiempo que esto ocurría, ella insistió diciendo *Salgan, por favor, solo será un momento.* Y ahí sí que aceptaron salir sin rechistar; con las manos en alto y el culo al aire.

A nosotros, los dos que no teníamos vela en ese entierro, nos pidió con gentileza que permaneciéramos dentro del sauna por unos diez minutos más. No dijo qué nos haría si no cumplíamos con su petición, pero igualmente lo entendimos como una advertencia. Y ahí nos estuvimos, los dos muy quietecitos, envueltos en el vapor e incapaces de hablar, sin relojes, esperando a que pasara un tiempo prudencial, acorde a lo que ella nos había pedido.

De repente se escuchó una gritería afuera que terminó abruptamente con el estampido de un balazo. Pero ni siquiera ahí nos atrevimos a salir. Aunque claro, no aparecer en ese momento por el vestuario fue puro instinto de supervivencia.

··•··

Esa mujer había investigado quiénes éramos, sabía dónde encontrarnos y llevaba un arma consigo. ¿Qué le dice eso? Para mí es claro que hubo intención y alevosía, nos buscaba para cobrar venganza...

... Naturalmente el padecimiento del marido pudo haberla trastornado, cualquiera puede entenderlo, pero hay pruebas de que la atención médica que se les estaba proporcionando a través de Alta Salud era la adecuada. Así que su actitud de resentimiento y violencia hacia nosotros estaba fuera de toda lógica, fue una locura.

No me malinterprete, no quiero parecer insensible, pero a la luz de lo ocurrido se hizo obvio que el tratamiento que ella pedía para su marido no tenía ningún sentido. Supongo que nadie está libre de sentirse así, la impotencia de ver sufrir a un ser querido no debe ser fácil de sobrellevar. Pero la gente se aferra a cualquier esperanza, aunque no tenga fundamentos. Nosotros hablamos de probabilidades reales, de ciencia, y ellos quieren milagros.

Esa mujer, por ejemplo, tenía la idea fija de que el marido debía curarse y nunca se paró a pensar en que las posibilidades de que funcionara el tratamiento eran ínfimas. Si ellos confiaban ciegamente en el resultado debieron pagarlo en otro centro hospitalario que se aviniera a experimentar con la vida humana...

... Naturalmente, sé perfectamente que ellos ya pagaban por tener un servicio médico con nosotros, me hago cargo de ello, y afirmo y puedo comprobar que el señor Guillermo Bonet estuvo recibiendo asistencia médica y farmacológica durante todo su padecimiento. Pero entienda, cualquier sistema de salud privado tiene sus limitaciones. Si pagáramos permanentemente procedimientos costosos y experimentales, caeríamos muy pronto en números rojos y ahí descuidaríamos al grueso de nuestros asociados. Además, estamos hablando de un complicado cruce de intereses. Nosotros tenemos la obligación de otorgar un servicio de excelencia, es verdad, pero los médicos abusan, del seguro y de la credulidad del cliente; convencen al paciente de cualquier cosa y cobran unos honorarios delirantes, impagables, se forran los bolsillos a cuenta de las aseguradoras, realizando tratamientos innecesarios o francamente irresponsables. Prometen devolverle la salud a un muerto, si se me perdona la crueldad de la expresión. Y la gente en su desesperación lo cree. Los tratamientos experimentales deben hacerse en otros ámbitos...

... No lo sé, supongo que hay áreas de investigación en las universidades... Creo que eso debe ser responsabilidad del Estado... Mire, suena muy honorable, muy altruista, darse golpes de pecho y decir que no hay que descuidar ninguna opción, intentarlo todo, pero lo cierto es que Alta Salud es una compañía multinacional, con miles de trabajadores, y para mantener todos esos empleos necesitamos una empresa funcionando, una empresa responsable. Y también están los accionistas. Usted no tiene la menor idea de la presión que pueden llegar a ejercer, si no hay beneficios los capitales se van a otra parte, y los directivos que fallaron y todos los empleados a la calle. A ellos no les importa cómo se obtiene el dinero, solo si se obtiene o no. Así que, usted disculpe, pero sí importan las utilidades, sí importan las ganancias, una empresa sin beneficios va directo a la quiebra...

... Perdone pero no veo la relación de sus preguntas con el hecho de relevancia. Hasta donde yo sé, nadie está demandando a Alta Salud, hablamos de Bonet. Para mí, el único evento aquí de importancia es que una mujer armada fue en busca de dos personas a las que ni siquiera conocía con el fin de lastimarlas. Dos hombres que no tenían con qué defenderse. ¡Vamos, si ni siquiera teníamos ropa puesta! Y esa mujer se apareció frente a nosotros específicamente para hacernos daño. Aunque la atención no hubiera sido la adecuada, que lo fue, pero vamos a suponer que no, ¿le da eso derecho para atacar a las personas que cree son responsables del problema? Hay que castigar severamente si se quiere evitar que cunda el mal ejemplo...

... ¿El orden? ¿Qué orden?...

... Ah, sí, disculpe. Primero salimos del sauna y caminamos hacia el vestuario. Al llegar frente a nuestros casilleros nos permitió ponernos algunas prendas de ropa. Pero de pronto hubo un ruido; apareció un hombre gordo en el pasillo venido no sé de dónde y supongo que ella se puso nerviosa porque disparó...

... Sí, claro, es verdad, un momento antes habíamos estado discutiendo. En realidad yo esperaba que alguien nos escuchara y pudiera auxiliarnos, así que levanté la voz a propósito...

... No recuerdo qué hacía ella al momento en que nos vestíamos, creo que solo nos apuntaba con el arma mientras el muchacho joven, el hijo, vigilaba la puerta de entrada. En algún momento empezó a explicarnos una cadena complicadísima de motivos que le llevaba a pensar que Sandoval y yo podíamos ayudar al esposo, quería que convenciéramos a la junta directiva de la aseguradora de conceder la autorización al procedimiento, que habláramos con los socios de ser necesario. Pasaba en segundos de la súplica a la amenaza, un diálogo de locos, cargado de violencia. Pero como ya le he dicho, la información que ella manejaba era equivocada...

... ¡No, no llegué a leer los documentos! Pero insisto, los familiares solo tienen el convencimiento irracional de que la persona que aman no debe morir. No creo que la información que había recopilado fuera valiosa. Igualmente nunca llegué a leerla porque como usted sabe no tuve oportunidad, la mujer me disparó. ¿Recuerda? Y ahí se terminó mi participación en el asunto. Tuve la suerte de haber desviado el cañón del arma hacia abajo o usted y yo no estaríamos hablando ahora...

... No, no perdí la conciencia en ningún momento, pero mi memoria a partir de eso es bastante nebulosa. La única sensación que recuerdo con verdadera claridad es el miedo. Pensé que volvería a dispararme, pensé que iba a matarme ahí mismo como a un perro...

... No tengo idea de por qué se llevó a Sandoval fuera del edificio...

... Eso es una estupidez, ¿qué ganaba yo con decirle que Sandoval era quien debía respaldarla con la junta? Decirle que yo no le servía para nada era como una invitación a que me diera un tiro en la cabeza.

•●•

Tenía abierto mi bolso y la ropa limpia lista para vestirme sobre uno de los bancos del vestuario, pero al momento de terminar de secarme con la toalla, reparé en que había olvidado mis tapones para los oídos y la nariz en las duchas. Las albercas siempre son un asco de gérmenes, por eso me cuido.

Me apresuré a buscarlos porque ya me ha pasado más de una vez que desaparezcan. Quién diría que gente fina como la de ese club se birla cosas por el estilo.

En fin, el hecho es que, mientras volvía caminando por el pasillo del vestuario, escuché unas voces que discutían acaloradamente. Me sorprendió de un modo desagradable descubrir una voz femenina entre ellas. Tal vez omití aclarar que en el apuro por llegar a tiempo para recuperar mis cosas, me había dirigido hacia las regaderas completamente desnudo. Así que, como había una dama en los vestidores, me encontraba en una situación francamente incómoda. Nervioso como estaba por volver rápidamente frente a mi casillero y vestirme, ni siquiera presté atención al contenido de la conversación. De hecho, durante los primeros minutos hubiera asegurado que estaba escuchando nuevamente a la esposa de Alan Greco. Ella y el marido son socios del club, y les ha dado por discutir públicamente en cualquier rincón de las instalaciones. Dos o tres veces ella se ha colado al vestuario masculino y él ha hecho lo propio en el de damas. Dos personas difíciles, sin duda.

Descubrí mi error cuando al llegar al pasillo de mi casillero, vi al final de este a una mujer desconocida acompañada por dos hombres medio desnudos; a ellos tuve la sensación de reconocerlos como socios del club, aunque en el momento no estaba seguro. Pienso en el relato de la escena que acabo de hacer, y tal vez así descrita la situación puede sonar equívoca. Quiero aclarar que, al menos desde el punto donde yo me encontraba, no parecía haber nada turbio ni de carácter sexual entre ellos. Claro está que yo tampoco traía puestos mis lentes y mi visibilidad era bastante mediocre.

Mi ropa se encontraba a medio camino, a la mitad del pasillo en cuyo punto final discutían los tres, de modo que no podía evitar dar algunos pasos en dirección al grupo si quería vestirme. Pensé que podría hacerlo en silencio y sin llamar la atención. Creí que me ayudaría el hecho de que estaban muy enfrascados en su asunto: la mujer sostenía algo en la mano, un paquete que les tendía en el aire. A partir de ahí sí puedo relatarle la conversación, al menos en parte. La mujer insistía en que ambos hombres leyeran algo, supongo que ese algo estaba en el sobre que ella quería que tomaran. Pero ninguno de los dos hacía gesto alguno de acercamiento, como si ella les ofreciera alguna clase de porquería.

Uno de los hombres comenzó entonces a hablar aún más fuerte, le gritaba a la mujer que ella no tenía ningún derecho a amenazarlos de aquel modo, que quién se creía que era, que así no se pedían los favores y otras cosas que no recuerdo. El otro hombre en cambio permanecía silencioso mientras se ponía los pantalones.

Más o menos en ese momento, fue que finalmente llegué hasta donde estaban mis pertenencias. Las tomé para vestirme, pero con tal mal tino que hice caer el bolso. Para colmo estaba abierto y terminó con todo su contenido desparramado en el piso. Con el ruido, el grupo al unísono viró sus miradas por el pasillo en mi dirección. Cuando la mujer se distrajo me pareció ver que el hombre que gritaba intentó arrebatarle algo...

... Sí, hubo un momento de forcejeo, estoy seguro. Yo pensé que jaloneaba aquel paquete por el que habían estado discutiendo, pero de pronto resonó un balazo que me dejó los oídos zumbando y helado el corazón. Me parapeté absurdamente detrás del banco de madera y desde allí volví a observar la situación. La bala se había incrustado en la pierna desnuda del hombre que discutía y la pistola seguía apuntando desde la mano de la mujer...

... No, antes yo no había visto el arma en ningún momento. Tal vez ya estaba oculta por el paquete o en la otra mano, tal vez la mujer la había sacado de pronto de un bolsillo, en eso no puedo ayudarle, porque antes del disparo no la vi. La mujer repitió un par de veces *¡Ay, Dios! ¡Ay, Dios!*, mientras la sangre empezaba a correr por la pierna del hombre, quien había ido resbalando con la espalda apoyada en los casilleros hasta dar con sus posaderas en el piso.

Entonces pensé en mí mismo, tenía que huir, debía escapar; pero intuía que al ponerme de pie la atención del grupo se enfocaría nuevamente en mi persona y eso me llenaba de pavor. Por otro lado, la salida del vestuario que conduce al exterior quedaba justamente en el sector donde se encontraban todos ellos haciendo un bulto. No podría salir por allí. Así que opté por quedarme quieto, amparándome en la vaga esperanza de que, como el asunto no era conmigo, nadie iba a tomarme en cuenta.

La mujer pareció recuperar de pronto la compostura y se inclinó hacia el hombre lastimado. Tomó una camisa o toalla que estaba cerca, se la alcanzó al hombre sano y le pidió *Póngale un torniquete*. Pero el herido parecía confundido y no lo consintió. Al contrario, se retorcía sobre sí mismo alejándolos a todos de sí con las manos, luego señaló al segundo hombre diciendo *Hable con él. No es a mí a quien busca. Yo solo soy un maldito contador.*

Para mi sorpresa, apareció de la nada un cuarto personaje, casi un niño, que ni bien entró a escena, comenzó a jalar a la mujer por el brazo, no bruscamente sino con delicadeza. *Vámonos, ahora mismo, vámonos,* repitió varias veces. La mujer, que se había acuclillado para auxiliar al herido, se puso finalmente de pie y se encaró con el otro hombre que había permanecido silencioso y le advirtió muy segura de sí *Usted viene conmigo.*

Ahí tuve un relámpago de lucidez y pensé que la mujer podría querer llevarme de rehén a mí también, o tal vez se decidiría por asesinar a todos los posibles testigos antes de marcharse. Así fue que, abandonando mi primera idea, salí corriendo hacia las duchas, consciente de que debía avanzar algunos metros presentándole la espalda como un blanco fácil. Corrí con la sensación de que de un segundo a otro escucharía otro disparo y que esta vez impactaría sobre mi cuerpo. Por un instante me imaginé que iba a morir desnudo y despatarrado en mitad del vestuario; el ridículo que contenía esa escena me llenó de ansiedad así que me apresuré más todavía. ¡Uno piensa cada idiotez! Gracias a Dios, nada ocurrió.

Atravesé las duchas y salí a la zona de las albercas. Recorrí a toda velocidad los cincuenta metros de la olímpica, haciendo equilibrio por el borde, mientras de reojo alcanzaba a distinguir cómo no menos de treinta ancianas alzaban sus cabezas encasquetadas en gorros coloridos y comentaban indignadas mi desnudez; finalmente llegué frente a los instructores de natación y conseguí dar la alarma. Los muy estúpidos creían que el disparo había sido un cohete de algún despistado que ya había comenzado a festejar la final de futbol que se celebraba esa noche.

# Ella

Me miré la mano derecha y descubrí que la pistola aún seguía ahí, apuntando, solo que ahora el puño de mi suéter de casimir estaba manchado con la sangre de un hombre al que acababa de dispararle. Caminábamos rápidamente por el estacionamiento del club, Sandoval iba adelante buscando su automóvil entre los otros mientras yo dirigía el cañón de la pistola directo a su espalda. Darío me seguía fielmente y a la vez consternado, no decía nada pero yo sabía que desaprobaba todo lo que estábamos haciendo. Muchas, muchísimas veces a lo largo de aquellas horas, me recriminé el haberle permitido ser mi acompañante. ¿En qué estaba pensando? Si es solo un niño...

... ¿Culpa de qué? ¿Por Nicolás Pietro? No sentí culpa. Preocupación, sí, puede creerme o no, pero la verdad es que no deseaba que muriera. ¿Qué ganaba yo con eso? Al contrario, supe en el acto que lo ocurrido cambiaba para siempre mi situación. No soy tonta.

De cualquier forma, la sensación que recuerdo ocupando mi cabeza en ese momento fue una especie de extrañeza interior. No me entienda mal, nada de voces ajenas a mi cuerpo que me mandaban hacer aquello o lo otro. Ni demonios ni esquizofrenia, no hablo de locura. Digo que algo era diferente dentro de mí misma y yo no podía dejar de observarlo. Uno cree saber perfectamente quién es, sus deseos, sus limitaciones, su moral y de pronto resulta que no lo sabe, que no lo sabe en absoluto; de eso le hablo. Por ejemplo, yo no quería disparar pero cuando Pietro me tomó de la muñeca, lo hice.

Hubiera deseado que aquello no pasara nunca, y no porque el tipo ese no se lo mereciera, se portó como un imbécil prepotente, créame, cualquiera que lo tuviera enfrente habría querido callarle la boca, aun así, hubiera preferido no disparar. Pero si estamos hablando hoy aquí, es justamente porque perdí el control de la situación; fue solo por un instante, el asunto es que tenía un arma en la mano y eso lo cambia todo.

Cuando llegamos al automóvil, dudé un momento en cómo debíamos ir sentados. ¿Puede imaginarse semejante situación? Estábamos huyendo y yo perdía el tiempo dilucidando este punto, si manejo yo, ¿cómo le apunto?, ¿el arma la lleva Darío?, ¿debo llevar al hombre amarrado?, ¿con qué lo ato?

Me costaba una enormidad concentrarme en lo que debía hacerse, en todo momento me miraba como desde afuera juzgando y farfullando que todo lo que estaba pasando era estúpido e insensato, y que iba a condenarme en el infierno si el hombre al que había herido se moría.

Al final le pedí a Sandoval que se pusiera al volante y el hombre aceptó a regañadientes. Antes de abrir la portezuela me señaló que estaba descalzo e incómodo, que sería peligroso manejar así; una tontería suprema, al hombre le preocupaba evitar un accidente mientras una mujer desesperada le apuntaba con un arma.

Dijo que en la cajuela del coche traía otro par de zapatos y que preferiría ponérselos para conducir. Solo entonces reparé en que llevaba puesto únicamente el pantalón. Es raro, pero en todo ese lapso, no me había fijado que el hombre venía casi en cueros; supongo que estaba tan alterada que lo miraba pero no lo veía en realidad.

Respondí que lo hiciera, que se apurara, que tomara del maletero lo que pudiera servirle. Siempre moviéndose cautelosamente y con las manos a la vista, el hombre abrió la cajuela, tomó un par de zapatos negros, una camiseta sin mangas, un saco de vestir y se los puso inmediatamente. *Así estoy mucho mejor, gracias,* me dijo. Miré el vello canoso en su pecho que se escapaba de la camiseta demasiado holgada, el pecho que subía y bajaba; el hombre estaba agitado y respiraba con dificultad.

Me dio náuseas darme cuenta de que me había convertido en su captora. Tenía a ese hombre viejo a mi merced, secuestrado, y él actuaba en consecuencia: tratando de no alterarme, siendo condescendiente en sus respuestas para salvar la vida. ¿Cómo me había ocurrido eso?

De pronto comenzó a sonar el teléfono celular de Sandoval y le grité queriendo ser autoritaria *Apáguelo y démelo*, pero la voz se me había quebrado al decirlo sin resultar convincente. Recuerdo haber pensado: ¿y si el hombre no me hace caso y contesta pidiendo ayuda?, ¿qué se supone que voy a hacer?

Sentí con claridad cómo mi cuerpo se ponía rígido mientras la mano, extendida al frente, temblaba ligeramente como atravesada por una corriente eléctrica, el dedo titubeó sobre el gatillo. No sé qué notó él de esto, tal vez nada, tal vez todo, la cuestión fue que en un instante sacó el teléfono del bolsillo de su pantalón y me lo alcanzó dócilmente. Y allí estaba en mi boca la misma arcada de repugnancia.

Acababa de torcer para siempre mi camino y sentí una punzada de angustia al descubrirme reflejada dentro de sus ojos, me vi con el rostro desencajado de tensión nerviosa, horrible. Siempre he sido una buena persona, ¿entiende? Me he esforzado por serlo. Y de pronto ya no lo parecía.

Pero entonces me asaltó otra idea, mucho más intensa que todos mis escrúpulos juntos; pensé que aquel salto mortal y disparatado solo tendría un sentido si efectivamente conseguía el tratamiento para Memo. Si la amenaza, el arma, el disparo, la sangre, resultaban útiles y salvaba a mi marido, no me importaba convertirme en una bestia. Me obligué a creer en aquello de que el fin justifica los medios. *¿Qué quiere de mí?*, preguntó débilmente Sandoval. Entonces, escuché mi voz contestarle fuerte y clara *Que maneje y escuche*.

Había recuperado el control sobre mí misma y fracasar no era una opción. El problema es que no tenía un plan, nunca tuve un jodido plan; y mientras viajábamos los tres en el automóvil de Sandoval hacia ninguna parte, él conduciendo, yo como copiloto y Darío sentado atrás, en ese momento, comencé seriamente a echarlo en falta.

# LOS OTROS

Sí, ya me lo han preguntado varias veces. Y les dije a todos la misma cosa: no me di cuenta de nada. Yo estaba en mi rutina de siempre; trabajo en el turno de la tarde porque estudio la preparatoria en las mañanas, mi horario laboral acaba a las once de la noche. Las personas por las que usted pregunta se aparecieron más o menos a la mitad de mi jornada. ¿Usted ha visto funcionar un servicio de auto-lavado?...

... Le explico, es bien simple, palancas que se accionan y un mecanismo que se pone en marcha. Estamos ahí básicamente para supervisar y para el lavado de los interiores, eso lo hacemos con nuestras propias manos, pero en sí la máquina funciona prácticamente sola. Estas personas llegaron y pagaron el paquete básico...

... ¿El básico? Incluye solamente la limpieza exterior. Pagaron y se quedaron sentados dentro del coche, el viejo adelante con la mujer y atrás el muchacho. Eso es todo lo que sé, no presté demasiada atención...

... No hay nada malo con eso, el que quiere quedarse en el coche, se queda. Poca gente lo hace, pero está permitido, por eso no le di importancia. El problema fue que cuando el automóvil ya estaba subido en la banda en movimiento, el viejo va y se baja de pronto. En realidad no vi el momento exacto en que lo hizo, yo me encontraba de espaldas lavando los tapetes de otro automóvil, fue cuando giré la cabeza que descubrí que estaba fuera: pasmado a un costado del coche, haciendo equilibrio en la banda. Cuando notó que lo miraba me hizo señas para que avanzara hacia él.

Yo me puse nervioso, porque nadie debe estar subido ahí con el mecanismo en marcha. Es lo primero que te dicen cuando comienzas a trabajar *Nadie en la banda, ni empleados ni clientes.* Por eso corrí en su dirección, no fue porque me estuviera llamando.

Mientras avanzaba, ya le iba gritando *¡Métase al coche! ¡Métase en el coche!,* él se resistió un poco antes de entrar y me tomó firmemente de la mano. Por eso lo empujé, obligándolo a cerrar la puerta de inmediato; ya se venía el chorro de agua y jabón, y les iba a arruinar el tapizado.

Le hice una seña bien firme a través del parabrisas, para indicarle que no saliera de nuevo, y luego salté de la cinta para regresar a mi puesto. Nada más que no alcancé a quitarme a tiempo y el agua enjabonada me dio directo en la espalda; me alejé muy enojado y maldiciendo por lo bajo. Yo creo que por eso me tardé tanto en darme cuenta de que traía unas llaves de auto en el puño cerrado, evidentemente el hombre me las dio al momento de estrecharme la mano sin que yo lo notara...

... Pues la pura verdad, en el momento no comprendí su gesto, ni supe qué quería. Pensé que se trataba de un error o que el tipo era un imbécil, no me acuerdo lo que pensé; no le di importancia y me fui a cambiar la camisa. Después me enteré de que el hombre me había pedido que avisara a la policía porque estaba en peligro. ¿Y yo qué iba a saber?... Mire, puedo perder mi trabajo por contarle esto, pero la verdad es que soportar el ruido de las máquinas todo el día me pone los pelos de punta, por eso uso auriculares. Siempre estoy escuchando música, *heavy metal* preferentemente. Por eso no oí absolutamente nada de lo que el hombre me dijo...

... Pues sí, me pareció raro que el viejo se bajara de pronto. ¡Ah!, también me llamó la atención que no llevara camisa debajo del saco. Pero no soy quién para criticar cómo se viste o se desviste la gente. Tampoco es cosa de mi incumbencia sus locuras o sus problemas. A mí me pagan, como ya le dije, por apretar botones y limpiar los interiores, a lo demás no le doy importancia.

•●•

Fue una ocurrencia de momento: vi al muchacho y pensé que tenía una pequeña oportunidad. Mientras el automóvil avanzaba le expliqué a la mujer, con la mayor naturalidad de la que fui capaz, que los empleados del auto-lavado demandaban la entrega de la llave a los conductores para asegurarse de que nadie pusiera en marcha el motor por error, y salí del coche. Fue muy rápido y creo que logré sorprenderla. Mientras estuve parado en el exterior, esos pocos segundos, pensé en saltar y correr. Pero la imagen de la pistola que me apuntaba de tan cerca me hizo vacilar. Estaba desesperado pero tampoco quería correr la mala suerte de mi colega en el vestuario. Decidí cambiar mi huida por un mensaje de auxilio. El problema fue que el empleado no me ayudó; me devolvió al interior del auto prácticamente con empujones, a duras penas alcancé a pronunciar algunas palabras.

De regreso en el asiento del conductor, y sin estar seguro de haber conseguido que se escuchara mi súplica, respiré profundamente, disimulando mi ansiedad. La mujer me miró con suspicacia pero no comentó al respecto, era evidente que estaba apurada por entrar en tema.

Nuestra presencia en el auto-lavado había sido idea mía, y ahora que me encontraba con las manos libres y podía leer los documentos tal como le había sugerido al entrar, ella había moderado su agresividad. *¿Cuánto tiempo tardarán en lavarlo?*, me preguntó. Le indiqué que dispondríamos de unos quince minutos y ella asintió conforme. *Mientras estemos aquí tampoco encontrarán el coche,* agregó y me alcanzó los primeros documentos.

Fijé mi vista sobre el papel como ella esperaba que hiciese. Al principio estaba tan agitado que las letras bailoteaban frente a mis ojos sin alcanzar a formar palabras. Una parte de mi mente se preguntaba si el empleado ya habría llamado a la policía, si estarían en camino, si le avisarían a mi esposa, y sin embargo, finalmente conseguí sosegarme y empecé a leer, o al menos alcancé a hojear la mayoría de los papeles. Estaba todo perfectamente documentado.

Entre otras cosas, figuraban las pruebas de coincidencia genética entre familiares, que ya se habían realizado para asegurar que el trasplante era posible. Le pregunté si esos estudios habían sido ordenados por Alta Salud. Ella respondió que no. La aseguradora se había negado a realizar el examen por considerarlo irrelevante, pero ellos habían obtenido dinero hipotecando la casa para hacerlo de forma particular; también habían pagado por otra media docena de estudios y consultas a especialistas que les daban la razón.

Supongo que esa, mi única pregunta, fue tomada como muestra de interés, porque comenzó a hablar de otra manera, amable, convincente. Me explicó que la hermana del enfermo había resultado la mejor opción como donante y estaba dispuesta a operarse en cuanto se lo pidieran. *Si usted pudiera cambiar la decisión* me suplicó, *si pudiera dar esa firma de consentimiento todo se arreglaría.*

Yo estaba mudo. Terminé de leer y me encontré mudo. Mi obvia conclusión fue que la señora Bonet tenía razón, o al menos en parte: el procedimiento que solicitaban para el esposo tenía un margen considerable de posibilidades de funcionar, pero Alta Salud ni siquiera lo estaba contemplando.

Le mentiría si dijese que aquel papel contenía sorpresas para mí. Podría hacerlo, podría argüir una falta de sensibilidad de mis subalternos, un exceso de burocracia en el manejo de la información, un error; pero no sería verdad. Lo que tenía entre las manos era un procedimiento perfectamente normal en nuestra aseguradora. Puedo citar de memoria no menos de tres cláusulas del contrato que nos permitían legalmente omitir el servicio que la señora Bonet estaba solicitando, y no habría un solo estudio de abogados que se aviniera a luchar por su causa; tenemos un departamento jurídico sumamente eficiente. Pero no por ello la señora Bonet dejaba de tener razón y sobre todo, no por ello el marido de la señora Bonet dejaba de estar muriendo lentamente de un mal que la medicina ya había conseguido curar en ocasiones.

Entre los papeles encontré una foto de familia, ese hombre cuarentón que me miraba sonriente debía ser el esposo de la señora Bonet. Evidentemente la instantánea había sido tomada antes de que arribara la enfermedad. El hombre se veía saludable y vestía la casaca del mismo equipo de futbol del que yo era fanático; se trata de un equipo de segunda división al que nadie hace caso. Se me revolvió el estómago al descubrir que compartía una afición tan singular con aquel hombre que se moría.

Todavía faltaban un par de minutos para llegar al final del túnel de lavado, y me hallé deseando con todo mi ser que apareciera la policía, rezando para que alguien me liberara de la mirada suplicante de aquella mujer y sobre todo que me eximiera de la obligación de dar una respuesta.

Noté, de pronto, que ella había dejado abandonada la pistola sobre su regazo mientras ordenaba los papeles que seguía alcanzándome para leer. Por extraño que resulte tuve una intensa sensación de incomodidad, sé que suena raro pero prefería que siguiera amenazándome. Me daba cuenta que, de yo quererlo, podía fácilmente arrebatarle el arma y dispararle a ella. Varias veces observé la pistola calibrando mi oportunidad; el muchacho estaba muy joven como para hacerme frente y ella tan delirante que se había olvidado por completo de que se encontraba frente a un hombre que deseaba escapar; y sin embargo no moví un dedo.

En el momento pensé que era el miedo el que me jugaba una mala pasada, paralizándome; concluí que había resultado ser más gallina que en mis fantasías. Pero ahora me pregunto si ese no hacer nada no obedecía también a otras motivaciones. Tal vez solo quería continuar con los roles claros, ser quien tiene la razón y actúa correcta y civilizadamente. Mientras ella me amenazara con un arma, las faltas cometidas por mí, o por la aseguradora, siempre serían un asunto menor. No lo sé, a lo mejor son tonterías, ideas ociosas de viejo que me vienen a la cabeza ahora que me sobra el tiempo. Claro que en ese momento no lo vi así, ni sé en qué pensaba. Más bien mi cerebro saltaba de un razonamiento a otro como si tuviera dentro un nido de grillos...

... ¿Después?... Sí. Los cepillos terminaron de secar el automóvil y llegamos al final del túnel de auto-lavado. No apareció ningún policía dispuesto a rescatarme, solo el solícito empleado que me devolvió las llaves que por *distracción* yo le había entregado.

A la salida le pregunté a la señora Bonet hacia dónde quería que dirigiera el coche, dijo que no importaba, que siguiera conduciendo mientras hablábamos. Estaba tranquila y yo quería que se mantuviera de ese humor, así que decidí afrontar la situación. Le prometí solemnemente que arreglaríamos aquel terrible malentendido, producto de la burocracia, sin duda un error impensable cometido por la institución a la que yo representaba y que ya mismo firmaría los documentos que avalaban su petición porque era justa y la negación al tratamiento improcedente. Algo por el estilo; fui bastante rimbombante en mi discurso. Y estúpido.

Contrario a lo que yo esperaba, mi ofrecimiento la llenó de un nerviosismo nuevo. Vi una mueca tensa aparecer en su boca queriendo ser sonrisa, sus labios dejaron al descubierto los dientes apretados. *¿Un error impensable?*, repitió en voz baja, *su colega Villalba me explicó otra cosa, según parece el error impensable sucede con frecuencia, tanto que pagan mejor a los ejecutivos que comenten más equivocaciones,* dijo y clavó sus ojos en mí, espiando mis reacciones. Con la mención a Villalba me dejó claro que manejaba mucha más información de la que yo le suponía, y que esa información hacía que mi promesa luciera tan engañosa como una moneda falsa. Había equivocado grandemente mis palabras, y de pronto ella ya no me creía. La vi replegarse sobre sí misma como un caracol.

De pronto frenamos en un semáforo, dio la casualidad de que nos detuviéramos frente a una parada de autobuses en la que un par de hombres, vestidos con uniformes policiales, charlaban distendidamente esperando. Por la actitud se podría suponer que se trataba de dos oficiales al término de su jornada laboral. Por un segundo sentí la mirada de uno de ellos posarse distraídamente sobre nosotros. Bastaba un grito mío, un sonoro claxon, o un intento por bajar del automóvil para atraer su atención. Lo sentí claramente y la mujer también lo supo.

De reojo, la vi empuñar con discreción el arma que yacía sobre su regazo para luego enterrarme el cañón del revólver a la altura de las costillas. Lo hizo sin decir nada, manteniendo siempre la vista al frente fingiendo despreocupación. Percibí claramente la punta del arma temblando sobre la carne, aunque era imposible determinar si era su mano o mi propio miedo lo que causaba aquel movimiento. Fueron unos segundos interminables hasta que la luz verde nos permitió avanzar y me devolvió el latido del corazón al pecho.

Ante la contundencia de su reacción, caí en la cuenta de que ella se sentía realmente acorralada. Ambos sabíamos que la situación en la que se había colocado, sobre todo a partir del disparo efectuado en el club, hacía imposible conseguir el tratamiento recurriendo a procesos legales; era un hecho que ella tendría que enfrentar a la justicia, no me cabía duda a mí ni a ella tampoco. Ya no tenía nada que perder, había sobrepasado su propio límite, y eso la volvía peligrosa.

Sentí un sabor acre y desagradable dentro de la boca; entonces no lo conocía pero ahora ya sé lo que es: se trata del gusto que provoca el miedo.

Fue en ese momento que me di cuenta de que debía negociar yo mismo mi libertad, y hacerlo pronto. Era dudoso que alguien llegara a socorrerme y, aunque lo intentaran, era probable que llegaran demasiado tarde. Si quería salir con bien del asunto, no debía cometer más errores.

Así fue que comencé a hablar, empecé por disculparme y juré que no iba a engañarla. Luego continué ofreciéndole garantías de todo tipo. Firmaría un compromiso escrito delante de un notario; una declaración jurada donde dejaría constancia en mi calidad de directivo, de que se había obrado con dolo, negando al paciente un tratamiento que en realidad podía y debía hacerse. Aquel documento obligaría a Alta Salud a conceder al marido lo que era su derecho. Ella dudaba, y yo desesperado seguía subiendo mi oferta. Pensé que solo colocándole en la mano todas las certezas me dejaría ir sano y salvo, así que prometí darle documentos, copias de memorandos, circulares oficiales de la empresa, contratos internos, todo lo que necesitara para probar públicamente que se había actuado conforme a los intereses económicos de la compañía y no para la adecuada atención de su marido, y más aún que aquello no era casual sino parte de una política expresa de la aseguradora. No omití explicarle que legalmente sería difícil proceder; para establecer una demanda y ganarla necesitaría un abogado y mucho tiempo, pero aclaré que bien utilizados, como una amenaza, podrían tener un efecto inmediato. Para los medios de comunicación esa información resultaría un verdadero manjar, y una compañía como Alta Salud no podía permitirse esa clase de reputación, esa publicidad podría provocar una desbandada de clientes y de socios. Lisa y llanamente le propuse hacer un chantaje.

A cambio de todo esto ella me dejaría en libertad.

El muchacho, creo que se llama Darío, intentó disuadirla, contrarrestando mi propuesta donde él se veía quedando sin madre; dijo que podrían huir para evitar a la policía, ocultarse un tiempo, al parecer tenían familia fuera del país. Argumentó que mi palabra no era confiable, ni sonaba lógico que la aseguradora quisiera aceptar después de lo ocurrido en el club y bajo amenazas. Pero ella zanjó la cuestión argumentando que la prioridad era la salud del marido y que no haría nada que perjudicara la posibilidad que se les estaba abriendo. *Aunque no suene muy bien, es nuestra única chance*, le dijo y cerró la discusión.

Y ahí comprendí que en realidad ella no tenía ni la más remota idea de cómo continuar su enloquecida pesquisa en pos de obtener el tratamiento. Había llegado a un punto de inflexión sin retorno ni perspectivas y casi podría asegurar que aceptó mi propuesta por pura desesperación. Resulta irónico, pero creo que el plan de operaciones fue enteramente mío.

Antes de ir con el notario, debíamos conseguir las *pruebas del fraude,* como ella las llamaba. Pero no podíamos ni pensar en buscarlas en las oficinas de Alta Salud ni tampoco en mi casa, era obvio que con mi desaparición física esos lugares estarían cubiertos por la policía. El muchachito propuso ir a un cibercafé, para que yo pudiera tomar todo lo que encontrara al respecto de Alta Salud entre mis correos personales.

Todavía circulamos un rato bastante largo por la ciudad antes de encontrar el local adecuado.

Era en el centro, un lugar grande y repleto de gente. Dejamos el coche y cruzamos los tres muy juntos la calle. Al bajar me cerré todos los botones del saco para disimular la ausencia de la camisa. Ella había escondido la pistola en el bolsillo de la chaqueta y con la mano libre me tomó del brazo como si fuéramos una pareja.

Solicitamos una computadora y nos sentamos codo con codo. El muchacho se quedó cerca de la entrada del establecimiento; al lado de la caja se situaba la única impresora del local y el joven permaneció allí esperando cada hoja que emitiera la máquina para ser expeditivos.

Abrí mi cuenta de correo electrónico y fui veloz, muy veloz; me tomó alrededor de media hora reunir el material necesario para hundir mi carrera definitivamente. No encontré ningún escrito que se refiriera al caso específico de la señora Bonet, pero era fácil determinar a través de cartas, recomendaciones y memos, un claro *modus operandi*, por así decirlo.

Paradigmática fue la lectura de la lista de los mejores empleados del mes, con datos y cifras al calce, donde resultaban premiados justamente aquellos que habían conseguido rehusar el pago de la mayor cantidad de pólizas. Ella leía por encima de mi hombro sin pronunciar una sola palabra al respecto. No diré que antes de aquella noche no sabía lo que ocurría, no quiero justificarme, pero fue allí, bajo la mirada de la esposa de un paciente, de una persona real y concreta, que renuncié definitivamente a la creencia de que las políticas de nuestra compañía eran neutrales y nuestra única responsabilidad hacer negocio.

De pronto se acercó Darío hasta el rincón donde nos encontrábamos, estaba agitado y hablaba entrecortadamente. La policía había llegado y estaban en aquel preciso momento alrededor de mi coche cotejando la matrícula. El negocio donde nos hallábamos estaba en la acera de enfrente a nuestro lugar de estacionamiento; no había sido sencillo aparcar porque aquel era un barrio muy frecuentado y habíamos quedado lejos del coche, sin embargo, si seguíamos ahí dentro, era cuestión de minutos para que acabaran encontrándonos porque la zona, aunque concurrida, no tenía demasiados locales comerciales.

Darío ya traía consigo los documentos que habíamos mandado imprimir, así que nos pusimos de pie dispuestos a marcharnos de inmediato. Pero justo mientras avanzábamos hacia la caja entre dos filas de computadoras, vimos a un oficial de policía asomarse por la puerta vidriera hacia el interior del local. Los tres volvimos a sentarnos atropelladamente en las sillas que hallamos más próximas. A ese primer policía se sumó un segundo, hablaban y miraban en todas direcciones parados en la entrada sin decidirse a ingresar al establecimiento.

Noté que la señora Bonet hurgaba nerviosamente dentro del bolsillo de su chaqueta y recuerdo haber llamado su atención tomándola del brazo. *No lo haga, por favor,* le dije en voz baja, *le doy mi palabra de que no voy a irme.* Ella miró en derredor, el negocio estaba colmado de muchachas y muchachos jovencísimos concentrados en sus pantallas, luego me miró a los ojos y, aunque estaba aterrada, gracias a Dios desistió de sacar el arma. Esta vez me había creído.

De pronto el chico, Darío, nos hizo notar una salida lateral que conducía a un área de videojuegos que si bien era parte del mismo negocio tenía una salida distinta hacia el exterior. El local formaba una esquina y por ahí escapamos hacia la calle transversal. Tuvimos que dejar abandonado el coche.

Después de caminar con prisa por la acera atiborrada de personas, decidimos tomar el primer autobús que encontramos detenido en una parada. No era el correcto y tuvimos que cambiar más adelante a un segundo transporte que nos llevó hasta la casa del notario para firmar la carta que les había prometido...

... Sí, en mi anterior calidad de director general de la junta médica tenía la potestad de hacerlo, lo sugerí con honestidad. Es cierto que mi primera motivación fue el miedo, quería salvarme y dije y ofrecí cosas que de otro modo no hubiera dicho ni ofrecido. Lo reconozco. Pero también creía que el hombre se merecía una oportunidad, aunque fuera una pequeña. Así que si usted me está preguntando acerca de mis intenciones, le aseguro que mi pretensión no fue engañarla o ponerle una trampa. Ahora suena ingenuo, pero en su momento me pareció que una carta certificada por notario le daba un marco de legalidad a lo que estábamos haciendo...

...¿Represalias? No, no las hubo, todo el mundo en la empresa comprendió que entregué esos documentos para salvar mi vida, fue una cuestión de necesidad. No me despidieron de Alta Salud. La idea de jubilarme fue exclusivamente mía. Lo decidí después de conocer a la señora Bonet. Mi esposa se refiere a ese día en tono de burla como *la experiencia religiosa que cambió mi vida,* y no se equivoca del todo. Pero no tuve una iluminación mística, en todo caso a partir de aquello mi cabeza se llenó de sombras. Ni yo mismo puedo explicar qué sentimientos operaron dentro de mí durante esas horas.

Sabe, en determinado momento, mientras viajábamos en el autobús, me encontré diciéndole a la mujer, sin que viniera a cuento, que de joven había pertenecido a la organización de Médicos Sin Fronteras combatiendo la malaria en África. El comentario era absurdo, pero expresaba la contradicción flagrante en la que se había transformado mi vida y ella, aun sin conocerme, me parece que lo comprendió de inmediato. *Nos está ayudando* me dijo, *a lo mejor se gana un nuevo escalón al cielo.*

Me fui de Alta Salud porque después de lo ocurrido me di cuenta de que me había hecho viejo, demasiado viejo para observar las cosas con claridad y actuar. Después de conocer a la señora Bonet me encontré absolutamente confundido y supe que ya no podría hacer nunca más el trabajo que venía haciendo y vivir tranquilo.

. • .

Solo atiendo en casa situaciones en extremo urgentes, y son pocas, todo lo que puede esperar al horario de oficina, espera. Así que naturalmente me sorprendió recibir visitas durante la noche.

Reconozco que bajé a abrir la puerta con cierta irritación. Sin embargo, al encontrarme frente al señor Sandoval se distendió mi molestia. No nos une ningún tipo de relación personal pero le tengo mucho respeto. Podría decir incluso que admiro su personalidad. Tiene una firmeza de carácter aunada a un don de gentes que lo hacen un líder nato; no por nada llegó a director general de una compañía como Alta Salud.

A la señora Bonet no la había visto nunca antes de aquella noche y sinceramente preferiría no volver a encontrármela. Unos metros más atrás de ellos dos también esperaba un jovencito al que no me presentaron, pero supe de inmediato que era el hijo de ella, se veía claramente el parecido físico.

Pues bien, ahí mismo, en la puerta de mi casa, Sandoval y la mujer me explican sus intenciones y lo cierto es que, aunque la solicitud me pareció una verdadera extravagancia, me sentía tan feliz con el hecho de que Sandoval me hubiera honrado con su confianza, que desde el primer momento decidí poner lo mejor de mí para ayudar.

Sin darme tiempo de invitarlos a pasar, ambos comenzaron a explicar al unísono la urgencia de levantar un acta notarial, la necesidad de una constancia de obligación para la empresa, no sé qué cosa sobre la autentificación de unos documentos privados de la compañía, algo acerca de un procedimiento médico que debía iniciarse cuanto antes; mientras los escuchaba, pensé que aquel galimatías difícil de comprender iba a ser fastidioso de traducir a un documento legible.

Aun así, fiel a mi determinación de ser servicial, cuando tuve la impresión de haber oído lo suficiente y de haber comprendido a grandes rasgos lo que buscaban, detuve sus explicaciones con un gesto tranquilizador de la mano. La mujer llevaba un sobre abultado, intuí que se trataba de los documentos que requerían autentificación y los tomé de su mano. Entonces les aseguré que, a partir de lo escuchado y la lectura de los documentos, podría elaborar un primer borrador durante la mañana, lo que nos permitiría firmar el documento definitivo el día siguiente por la tarde. Internamente sentí haberme lucido al mostrar disposición de trabajar un sábado, así que di por zanjado satisfactoriamente el asunto.

La cosa cambió cuando pretendí dar por concluida nuestra conversación. Tal vez inconscientemente amagué a cerrar, no estoy seguro, pero sí recuerdo que para mi sorpresa la mujer dio un paso al frente colocando su pie en el quicio de la puerta. Y luego, no conforme con ello, avanzó con el cuerpo obligándome a abrir la puerta de par en par. Dos segundos más tarde ya los tenía a los dos parados en el recibidor de mi casa hablando atropelladamente, explicando con distintas palabras desesperadas que no podían esperar.

Recién en ese instante me di cuenta de que la situación era mucho más extraña de lo que había percibido hasta ese momento. No habían llegado a esas horas movidos por un error de cálculo, o por una notable falta de tacto, comprendí que estaban presionados o perseguidos por alguna clase de situación.

Por primera vez noté el nerviosismo de Sandoval. Es un hombre de edad, bastante mayor que yo, y alcancé a distinguir claras muestras de estrés en su rostro agotado. Soy muy observador cuando me pongo en ello, y descubrí un leve tic que le hacía apretar el maxilar en una reiterada muestra de incomodidad. No se me escapó tampoco que, inmediatamente después del empujón a la puerta, la mano derecha de ella se instaló en el interior de su chaqueta como buscando algo. Ante esto, Sandoval apoyó con timidez sus dedos sobre el brazo de la mujer. Fue un gesto tan mínimo que podría haberme pasado desapercibido si no fuera porque mis radares ya se habían declarado en alerta.

Ella pareció apaciguarse con ese ínfimo contacto, sin embargo su mano permaneció dentro del bolsillo y ahí tuve la impresión de que la mujer podía estar armada. Aunque a la vez, mirándola, era difícil creerse una cosa así...

... Lo digo porque venía acompañada de su hijo, y pensé: ¿quién en su sano juicio andaría por ahí buscando líos con su hijo adolescente como compañía?

La señora Bonet es una mujer de unos cuarenta años, y aunque se podía percibir en su cara un gesto de fatiga que obviamente no le favorecía, no por ello dejaba de ser una mujer de buena presencia, bien vestida, bonita incluso; no el tipo de personas desequilibradas que suelen andar armadas, en todo caso. Así que deseché la idea del arma de mi mente y pese a que se me escapaba la lógica de todo el asunto, me dispuse a elaborar el documento que me pedían en aquel mismo momento. A fin de cuentas, yo quería ser solícito con Sandoval, tenía una oportunidad de hacer algo por él y deseaba hacerlo bien.

Hasta ese momento habíamos permanecido los tres de pie en el vestíbulo, pero los invité a pasar al estudio que se encontraba también en la planta baja. El muchacho era el único que no había entrado y aún estaba allí, separado de la entrada por un par de metros, como si todo el asunto no fuera con él. No me pareció correcto dejarlo en la calle, así que le dije que pasara y esperara sentado en una butaca del vestíbulo. Cuando le hablé lo vi sonrojarse hasta las orejas, pero igualmente hizo lo que yo le sugería con la cabeza gacha y un tímido agradecimiento.

Los demás entramos al escritorio y nos sentamos. Sandoval se apropió inmediatamente de la palabra. Yo iba tomando notas en mi computadora portátil. Todo era, ¿cómo decirle?, un poco extraño, hubo desde el primer momento un alto grado de incomodidad...

... Para empezar, la naturaleza del documento que perseguían obtener a través de mi persona era, por decir lo menos, bastante confusa. Al parecer, Sandoval obraba de este modo, firmaba este atípico compromiso notarial en apoyo al caso específico de la señora Bonet y su cónyuge, porque, según entendí, el marido de ella se encontraba en un trance gravísimo de salud sin que la aseguradora se hubiera hecho cargo de manera conveniente. Con dicho acuerdo, esperaban poder subvertir la negación al tratamiento que el hombre necesitaba. Pero la pertinencia de un documento notarial para conseguir que se respetara aquello no tenía precedentes jurídicos; al menos que estuvieran en mi conocimiento. Se los expliqué pero ellos no escucharon razones, no parecían dispuestos a recibir un «no» como respuesta.

Fue mientras intentábamos darle una redacción final al asunto entre los tres, que comencé a sentirme francamente molesto y dudé. Ambos hacían un excesivo hincapié en la colocación dentro del texto de frases del tipo *Sin importar las circunstancias, Compromiso inamovible, Se tomarán represalias sobre la empresa en caso de incumplimiento*, etcétera.

Me vi entonces impelido a formular la pregunta que me quemaba la lengua. *¿Alguien le está obligando a firmar este acuerdo?*, le pregunté a Sandoval, aunque mis ojos estaban fijos sobre la mujer. La señora Bonet me sostuvo la mirada, pero era notorio que ponía un gran esfuerzo en ello. Sandoval respondió con una categórica negativa, excesivamente categórica para mi gusto, y luego agregó *Hagamos esto de una vez*. Parecía estar al borde de la desesperación y yo creí percibir, en aquel tono de crispación, una especie de súplica. Era obvio que algo andaba mal pero, fuera por temor o por alguna otra razón que yo no atinaba a comprender, el hombre no se decidía a pedir mi ayuda. Fue entonces que opté por prestársela aun sin que la solicitara.

Mi natural razonamiento fue que Sandoval estaba firmando aquello intimidado por la mujer, me sentía absolutamente seguro de aquello y decidí romper con aquel pacto infame. Resolví que lo primero era ganar tiempo, desbaratando la inminencia del acuerdo. Así que, ya elaborado el compromiso y con nuestras tres firmas al calce, les expuse que para que dicho convenio fuera legítimo debían contar también con el aval de alguno de los accionistas de Alta Salud. *Alguno de los principales*, aclaré. *Habrá que esperar al lunes para hacerlo válido, es imposible que alguno de los socios se avenga a firmarlo antes, son gente muy ocupada*, concluí.

Si había algo oculto, el proponer la necesidad de otros testigos debía hacer caer el tinglado que se había montado. Mientras decía todo aquello, traté de no hacer ningún énfasis especial; mis ojos se posaban despreocupadamente en las hojas recién impresas que estaba metiendo en un sobre. Pero aun así alcancé a notar el obvio desconcierto de Sandoval que prácticamente saltó de su asiento. *Eso es ridículo, no es necesario. Soy el director de la compañía,* recuerdo que llegó a decir con una voz aguda que se transformó en un grito.

Insistí en lo indispensable de esa validación que me había inventado, aunque por el gesto de Sandoval empezaba a dudar de que mi accionar fuera el más indicado. Hice acopio de una serie de tecnicismos falsos e incomprensibles para convencer a Sandoval, que escuchaba evidentemente contrariado con la noticia de que tendrían que esperar.

*Usted lo prometió,* dijo entonces la mujer interrumpiéndome, pero no se dirigía a mí sino a Sandoval. La voz era tensa y desagradable cuando agregó un *me mintió,* mientras sus ojos miraban al hombre indecisos entre el odio y la sorpresa.

Yo no podía creer que se atreviera a hablarle de aquel modo a un verdadero caballero como es él, y ahí fue que exploté y terminé increpando a Sandoval *Sea lo que sea que está pasando puede decírmelo, yo puedo ayudarlo.* El hombre ni siquiera me miró, se apuró a contestarle a ella gravemente *No le mentí.* Después se hizo un silencio que me pareció eterno. Sandoval permaneció concentrado en pensar una salida a la trampa que yo sin querer le había tendido. *Iremos a ver a Lorena Morgan, sé que está en la ciudad,* dijo y se puso de pie con los documentos en la mano.

Pero yo estaba seguro de que algo apestaba en todo el asunto y me mortificaba la idea de que, con mi excesivo celo por ayudar, podría haber complicado aún más el lío en que el pobre hombre estaba metido. Decidí que no debía dejarlo solo con la mujer, así que lo tomé del brazo impidiéndole salir del estudio. *Deme un segundo, tomo mi chaqueta y los acompaño, yo mismo explicaré a la señora Morgan lo que se requiere.*

Fue en ese momento que la Bonet sacó el arma y me apuntó con un gesto casi automático. *Usted no va,* dijo en voz baja. Y yo exclamé triunfal ¡*Lo sabía!, no me ha engañado ni un solo segundo, sabía que escondía un arma.* Nadie me contestó. Y yo mismo me dije internamente que el comentario era una reverenda tontería; a fin de cuentas saber que todo andaba mal y que ella tenía una arma no me había servido absolutamente de nada, de hecho resultó que con mi accionar solo empeoré gravemente las cosas.

•●•

... ¿Cuando sonó el timbre? No hice nada, me quedé acostado en cama tal cual estaba. Claudio se paró y se puso una bata encima del pijama para bajar a recibir a esas personas. Le pregunté si quería que lo acompañara. Me dijo que no, que de cualquier forma no iba a tardar, que fuera quien fuera lo sacaría pitando e hizo un ademán de árbitro sacando tarjeta. Nos reímos; esa noche era la final del campeonato de futbol y lo estábamos viendo en la televisión. Salió y me quedé solo por un rato, no sé cuánto tiempo habrá pasado. Tampoco escuché nada en especial, supongo que el volumen de la tele no permitía que llegara ningún sonido de la planta baja. Me quedé mirando el partido.

Lo que sí recuerdo es que en un momento me pareció que su ausencia se estaba prolongando demasiado y me preocupé. Era tarde en la noche, y me puse a fantasear en quién y por qué tendría que haberlo visitado a esa hora. De haber sido gente amiga me habría llamado para presentarme, pero no lo había hecho; nunca supuse que podría ser trabajo. Soy dentista y no tengo la menor idea de lo que hace o no hace un notario; así que se dispararon en mi cabeza posibilidades perturbadoras.

La cuestión es que pensé tantas cosas horribles, que acabé levantándome con un mal presentimiento. Sabía que Claudio guardaba un bate de beisbol en el armario, así que lo tomé y bajé las escaleras sin hacer ruido.

Ya en la planta baja, el sonido de una conversación me llevó hacia el estudio. La puerta estaba entreabierta y, aun sin asomarme, alcancé a verlos perfectamente: un hombre de pelo canoso y una mujer, ambos de espaldas, Claudio al otro lado del escritorio frente a su computadora, con esas gafas horribles que ya le he dicho que tire a la basura. Todos sentados y hablando tranquilamente. Ahí se me ocurrió que debía tratarse de una reunión de trabajo imprevista.

Dejé el bate apoyado al pie de la escalera y cuando me dispuse a ir hacia la cocina para servirme un vaso de agua, descubrí de pronto a un muchacho sentado en el vestíbulo que me miraba fijamente.

No supe si morirme del susto o de la vergüenza al pensar que el niño ese me había estado mirando todo el rato mientras yo, como un perfecto imbécil, espiaba a mi novio a través del pequeño resquicio entre puerta y pared. ¡En pijama y con un bate de beisbol en la mano! ¡Por Dios! El estereotipo del amante celoso y paranoico.

Le sonreí e hice un gesto vago con la mano como indicando que no diera importancia a la escena extraña que acababa de contemplar. Él me seguía mirando con los ojos muy abiertos, parecía muy sorprendido de mi presencia y no era para menos, igualmente me correspondió con una sonrisa tímida. Caminé hacia la cocina todavía aturdido por el bochorno que acababa de vivir, y en el trayecto se me ocurrió que el jovencito llevaba un buen rato de espera, así que decidí hacerle un poco de conversación; siendo sinceros yo estaba intrigadísimo y pensé que sería el modo de averiguar qué hacían todos ellos allí, tan tarde en la noche.

Le ofrecí una bebida y aceptó. Se puso de pie y me acompañó hasta la cocina. No era lo que se dice un chico de muchas palabras, sin embargo me pareció muy despierto para su edad. Ya en el camino, me explicó escuetamente que necesitaban un documento importante para que su padre recibiera un tratamiento de salud urgente.

Abrí el refrigerador para tomar la jarra de agua fría y noté que los ojos del chico prácticamente se le caían dentro mirando la comida. Me pareció evidente que estaba hambriento y le ofrecí un sándwich. Al principio dijo que no quería pero terminó comiéndose tres, estaba realmente famélico.

No sé sobre qué hablábamos, creo que me contó algo de la escuela... No, espere, ya lo recuerdo. Hablamos de música. Me contó que su padre tenía todos los discos de The Police pero que él prefería a los Pistols y que moría por The Clash. Me dio ternura aquel *punk* de quince años. Le conté que siendo muy joven había visto una vez al bajista, Paul Simonon, caminando tranquilamente por una calle de Londres, y que lo había seguido seis cuadras sin atreverme a pedir su autógrafo, por no estar seguro de si tal cosa era una conducta aceptable en un rudo fanático de rock. Eso fue todo, nada de relevancia. Tuvimos una conversación amable hasta que de pronto escuché claramente la voz de Claudio que subía de volumen.

Lo conozco bien, y si hablaba en aquel tono, casi gritando, es porque algo francamente malo le pasaba. Me precipité fuera de la cocina y corrí hacia el estudio. Todo fue muy rápido, pero al momento de empujar la puerta llegué a percibir con claridad el gesto de Claudio que me indicaba algo; sus ojos asustados se enfocaron primero en mi cara, para después, con un cambio de mirada, señalarme la mano de la mujer. Fue así que, aunque estaba de espaldas a mí, antes aun de ver la pistola supe que ella tenía una en la mano.

Me abalancé sobre la mujer y logré sujetarla apretando su cuerpo contra el mío; la enlacé firmemente con un brazo, mientras con la otra mano le apretaba el cuello. Fue tal la sorpresa que el arma se le escurrió entre los dedos y fue a parar a la alfombra. Pero poco me duró la ventaja, sin ver de dónde, y sin esperarlo en absoluto, recibí un violento golpe sobre el cuello y el hombro que me hizo trastabillar y perder el equilibrio. Caí al piso con un dolor insoportable.

Un segundo golpe, aunque de menor intensidad, me alcanzó en las costillas. Permanecí con el rostro apretado contra el piso, me costaba respirar. Lo intenté, pero descubrí que me resultaba imposible levantar la cabeza; por un instante sentí que iba a desmayarme. Por suerte esa flojedad pasó y finalmente pude girarme sobre mí mismo. Y entonces lo vi: el jovencito ya no estaba en la cocina, me había seguido y me acababa de golpear con el bate de beisbol que yo mismo había traído hasta la planta baja.

Me aterró ver su cara vacía de expresión mientras sostenía en el aire el palo con un gesto de amenaza, pensé que volvería a descargarlo contra mí una tercera vez y me ovillé en la alfombra.

¡Era increíble! Un segundo antes nos habíamos reído juntos de Sid Vicious y su bajo desconectado en los conciertos; era imposible de comprender y espantoso. Recuerdo que cerré los ojos y tensé los músculos esperando la siguiente descarga sobre el cuerpo, pero no ocurrió. Claudio y yo terminamos atados y amordazados en el estudio. El hombre canoso, la mujer y ese raro muchacho se llevaron mi auto. Cuando recuerdo la cara del chico todavía siento escalofríos.

# ELLA

La culpa es toda mía. Lo hizo para defenderme, ¿entiende? El hombre me apretaba el cuello y él quiso alejarlo de mí, nada más. Él nunca antes en su vida había actuado de un modo ni tan siquiera parecido, no se pelea con nadie, no es su carácter. Es importante que quede claro: es mi responsabilidad, yo nos puse en esa situación, yo lo orillé a hacer lo que hizo.

La impresión que me causó verlo así, con el bate firme aún en los brazos rígidos, fue muy fea, me generó un dolor inmenso; su rostro, sus ojos, no podía ver en ellos a Darío. Evidentemente actuaba desde el miedo y su accionar fue completamente irracional. Después de golpearlo permaneció inmóvil junto al cuerpo caído, y cuando el hombre se giró y lo miró, tuve la impresión de que iba a pegarle de nuevo, y esta vez en la cabeza. No sé por qué, pero sentí que eso era lo que iba a pasar. También pensé que si lo hacía podía llegar a matarlo y que eso sería horrible, irreparable y estúpido. Pero aunque quería evitarlo con todo mi corazón, me encontré muda y paralizada, incapaz de intervenir.

Fue entonces cuando escuché la voz de Sandoval arrancándome de mi aturdimiento. *Ya está bien* dijo, o algo por el estilo, y entonces Darío reaccionó. En un primer momento sus ojos nos miraban a todos pero sin ver, luego, al escuchar por segunda vez la voz de Sandoval que ordenaba firmemente un *tranquilo que ya nos vamos,* logró por fin fijar su mirada en un sitio y calmarse. El bate descendió lentamente entre sus manos hasta terminar en el piso y solo entonces mi corazón volvió a marchar con normalidad.

Me obligué a ponerme en acción, recuperé la pistola y le indiqué a Sandoval que atendiera al hombre herido, a fin de cuentas él era médico. El notario fue a buscar vendas, gasas y alcohol, mientras Sandoval evaluaba el daño; el hombre tenía un feo corte detrás de la oreja y perdía mucha sangre. En ese lapso Darío no hizo nada, se quedó quieto todo el rato, supuse que todavía estaría conmocionado así que no le pedí que hiciera ninguna cosa. Sandoval realizó las curaciones básicas y aconsejó que, si bien la herida no era profunda, debía hacerse una tomografía para descartar daños más severos.

Puede creerme o no, pero lo cierto es que dudé, la advertencia de Sandoval sonaba lógica y supuse que su recomendación no escondía ninguna trampa. Pero aun así no podía fiarme en absoluto de aquellos dos hombres; si los dejaba marchar resultaba evidente que acabarían dando aviso a la policía, lo que arrojaría luz sobre nuestros siguientes pasos y eso no podía consentirlo, no todavía. Vacilé, pero al final no permití que se llamara a la ambulancia. Usamos cinta canela que encontramos en un cajón del escritorio para maniatarlos. Tomé las llaves del coche prestadas y nos fuimos de allí con la promesa de que en una hora avisaríamos a la emergencia médica. Nunca llegué a cumplirla.

Al momento de irnos extendí la mano para abrazar a Darío y conducirlo hacia la entrada, pero él evitó mi contacto con un movimiento brusco adelantándose a grandes zancadas hacia la puerta. En ese momento sentí una punzada de inquietud que me atravesó el pecho, una confusión intensa y triste. Como una llamada de la realidad que me decía que algo andaba mal. ¿Entiende lo que quiero decirle? Un cable a tierra que venía de la existencia mía, de Darío, de nuestra vida de siempre. Sentí eso, pero de inmediato lo descarté, diciéndome a mí misma que aquel rechazo que acababa de ver se trataba de la típica mueca de adolescencia, esa de cuando empiezas a avergonzarte del cariño de tus padres si ocurre en público; me lo dije y me convencí de ello. Por un tiempo, claro está.

Y lo mismo hice con la perturbadora imagen de Darío golpeando al hombre. ¡Venga, todo para el fondo, donde no se vea! Ahora suena ridículo, pero así fue. Porque en cuanto salimos de la casa del notario comencé a sentirme mejor. Ahora miro hacia atrás y veo que aquello ocurría dentro de mí de un modo más bien anormal. No había muchas razones para sentir que la suerte nos sonreía, y sin embargo al subir al coche yo estaba casi eufórica.

¡Lo habíamos conseguido! Teníamos el documento que avalaba el tratamiento... En ese momento estuve a punto de llamar a casa para dar la noticia, llegué incluso a tomar el teléfono celular en mis manos. El pensar que estábamos cerca de conseguir el tratamiento de Memo, esa idea, me llenó de bondad el alma; estuve al borde de ponerme a llorar de alegría. Sentí que perdonaba a todos, que no me importaba nada de lo que había sucedido antes, ni los desprecios, ni las mentiras, ni los atropellos. Porque en ese momento no solo tuve la convicción de que conseguiríamos la aprobación al procedimiento, sino también la absoluta certeza de que el tratamiento funcionaría en su cuerpo. Y de que la vida volvería a ser la de antes. Yo y Memo y Darío volveríamos a ser los que siempre fuimos; sin cáncer, sin deudas, sin dolor, sin angustias. Eso sentí, y sin embargo me contuve. Nos faltaba una firma y eso me hizo refrenar el impulso; el teléfono quedó abandonado sobre mis piernas.

Creo que también influyó el hecho de que Sandoval no luciera tan tranquilo como a mí me hubiera gustado. Manejaba silencioso con la vista al frente. Igualmente yo me esforcé por continuar confiada y optimista. Me puse a hablar en voz alta, a organizar el tiempo que se vendría: íbamos a tener que cuidar mucho a Memo pero también a la tía porque la operarían para el trasplante, pediríamos ayuda a los vecinos, a los amigos, a quien fuera necesario para hacer turnos en el hospital. En esos pocos minutos le di diversas instrucciones a Darío, pensé que debía tener claro que era él quien iba a quedar a cargo porque, evidentemente, yo permanecería lejos de la familia por un tiempo. No omití de mi pensamiento la parte del castigo; la ley y la policía estarían allí y tendríamos que resolver las cosas sin mi presencia. Quiero que sepa que siempre tuve la conciencia de que tendría que pagar por mi error. La pistola se había descargado accidentalmente, pero yo la llevaba conmigo y debía hacerme responsable por ello.

Mi único temor en ese instante era no tener tiempo de explicarle a Darío todo lo que tendría que hacer. Así que yo hablaba y hablaba, mientras que mi hijo, en el asiento trasero del coche, no contestaba una sola palabra, absolutamente nada. Su silencio me descolocó y reconozco que me puse un poco histérica. Le pregunté si no tenía nada para decir, si aquel papel que significaba la curación de su padre no le parecía importante.

Recuerdo sus palabras exactas porque me tocaron hasta el alma, *Gritas más, pero yo lo quiero igual que tú... voy a hacer lo que me digas; siempre hacemos lo que tú dices.* Fue entonces que busqué su cara a través del espejo retrovisor y descubrí un gesto de infinita amargura en su rostro, sus ojos opacos miraban a un punto inexistente a través de la ventanilla. Y ahí se terminó de golpe mi sensación de alegría, se acabó mi marcha triunfal.

Porque esa amargura no era cosa de los quince años, ¿entiende? Su preocupación, su angustia, no eran propias de su edad. Y a fin de cuentas era yo quien lo había expuesto a todo eso.

Pensé que de hacer esa llamada a casa tendría que dar demasiadas explicaciones a Memo, explicaciones desagradables, revelar cosas que ni yo misma entendía. Sentí un sudor frío en la espalda, y me di cuenta de que mis dedos crispados estaban arrugando el sobre de los documentos. Nos quedamos callados con una incomodidad y una sensación de dolor que podían casi tocarse.

Después de un largo rato Sandoval habló: dijo que al llegar al edificio sería mejor que Darío y yo esperáramos afuera para no complicar las cosas, argumentó que yendo solo la señora Morgan firmaría cualquier cosa que le pusiera enfrente sin cuestionar. Me negué. La algarabía se había ido y mi suspicacia había vuelto renovada; no le daría ni la menor oportunidad de escabullirse y olvidar su compromiso. Le prometí, eso sí, que permaneceríamos en silencio para no malograr las cosas, también que ya no sacaría el arma de mi bolsillo. De cualquier forma, ya no tenía ganas de amenazar a más nadie; eso no se lo dije pero sí lo pensé.

Fue extraño, pero en el momento que me abandonó aquella alegría insólita, me quedó un cansancio profundo, una pesadez en las piernas y un barullo en la mente. Pensé en Darío y sentí que algo estaba infinitamente mal. Pensé en Memo y concluí que no estaba muy segura de que él aprobaría todo lo que yo había hecho. Dónde había dejado yo la paciencia y la otra mejilla, dónde la no violencia y el amor al prójimo y todas esas cosas justas en las que habíamos creído durante tantos años, ese pacto de creencias que compartíamos y eran el fundamento de nuestra vida. Me sentí confundida pero me obligué a creer que era solo cansancio.

El lugar al que íbamos era lejos, así que casi sin que nos diéramos cuenta la ciudad se había ido desdibujando, había pocas casas aisladas a los lados del camino. Los tres permanecimos tensos y silenciosos, mientras el coche avanzaba por la carretera oscura. En el trayecto me repetí muchas, muchísimas veces, como si fuera un mantra, ¡solo nos falta una firma! Así fue que conseguí mantener a raya la tormenta y recuperar la compostura. Era tal mi desastre interior que lo único que me permitió seguir respirando fue pensar que lograríamos nuestro cometido, solo eso le daría significado al sinsentido de las últimas horas.

De pronto caí en la cuenta de que aún tenía el teléfono celular sobre mi regazo...

... No, no llamé. Lo guardé en mi bolso. En todo ese larguísimo tiempo de ausencia nunca hablé con Memo. Solo esa vez en el coche, cuando tuve la loca idea de que todo se resolvería muy pronto, estuve al borde de marcar, pero al final no hice ninguna llamada. Y supongo que tendré que arrepentirme toda la vida de no haberlo hecho.

# LOS OTROS

A esa hora son pocos los clientes; estamos en una ruta secundaria. En el día sí que hay bastante movimiento, por la gente de los barrios privados que va y viene a la ciudad para trabajar, pero de noche todo se queda muy solo. Cuando llegaron yo estaba lavando las ventanas del local con el chorro de la manguera, así que lo primero que vi fueron las luces y el reflejo del automóvil sobre el vidrio enjabonado. Dejé lo que estaba haciendo y me acerqué a ellos para darles servicio.

El coche se detuvo junto al primer surtidor y ambos se bajaron. Me refiero a la mujer y al viejo, al muchachito lo descubrí después y nunca salió del automóvil. El hombre me pidió que llenara el tanque. Mientras lo hacía oí la conversación entre ellos; no fue de chismoso, estaban muy cerca así que era imposible no escuchar.

Él explicaba a la señora que necesitaba comer por causa de la diabetes, le advirtió que tanto tiempo de ayuno podría hacerle daño. Ella no quería dejarse convencer, estaba apurada por seguir camino y le pidió que esperara un poco más, dijo algo así como que en cuanto tuvieran la firma él podría irse a casa y comer lo que quisiera. Eso dijo. Pero el hombre insistió, argumentó que hacía ya casi una hora que venía sintiéndose con mareos y náuseas, y que así no podía seguir conduciendo el coche. Al final la mujer accedió y se dirigieron hacia el mini súper de la estación.

Yo no los seguí de inmediato, primero terminé con las cosas del coche...

... No, caminaban juntos pero no se tocaban...

... No, claro que no. Nadie amenazaba a nadie; me hubiera dado cuenta. Mientras estuvieron allí, fueron muy civilizados.

El muchacho permaneció siempre dentro del automóvil. Fíjese que no me di cuenta de su presencia hasta que pasé una franela por los cristales del coche, recién ahí tuve oportunidad de mirarlo un buen rato; estaba en el asiento de atrás con los ojos firmemente cerrados. Pero no me pareció que estuviera durmiendo, solo tenía los párpados apretados, demasiado diría yo. Tenía ese gesto en la cara, cómo le digo, de cuando uno siente un gran dolor de cabeza.

Además de la gasolina también revisé las llantas, no me lo habían pedido pero yo lo hago siempre, como rutina, y mientras lo hacía observaba de vez en cuando al hombre y a la mujer. La tienda es como una gran pecera de vidrio, así que los podía estar viendo todo el rato. Eligieron un par de cosas de las góndolas y él se sirvió salchichas de las que siempre tenemos listas para llevar, tomó dos, las únicas que yo había puesto a calentar. Jamás pongo de más, no vale la pena y no me gusta tirar comida. Si veo que se ha hecho tarde y no ha venido nadie, se vuelven mi cena a mitad de la noche.

Acabé con la gasolina, coloqué el tapón y dejé la manguera en su sitio, luego fui hacia la tienda. En todo ese tiempo el joven no cambió ni tantito de sitio ni de gesto. Al entrar me dirigí a la caja, ellos dos ya estaban esperando para pagar. El hombre canoso prácticamente había terminado de comer y me pidió unas servilletas de papel. No vi que ella se llevara nada a la boca; aunque sí había tomado algunas cosas, galletas y jugo, tal vez serían para el muchacho.

Les cobré la gasolina y los productos. *Deberían comprar aspirinas*, les recomendé. Como ellos dos me miraron sin entender, les hice un gesto de cabeza señalando hacia el coche, *creo que su hijo se siente mal*.

*No le pasa nada*, me contestó ella de pésima manera. No sé si se lo haya tomado como un exceso de confianza de mi parte, no fue mi intención, pero después de eso mejor ya me quedé callado; la mujer parecía estar de un humor de perros y yo no quería problemas.

Al momento de pagar ella cayó en la cuenta de que había bajado del automóvil sin su bolso, le dijo al hombre que la acompañara hasta el coche para buscar su monedero. Recuerdo que esa idea me puso inquieto, ¿por qué debían ir los dos? ¿Era un truco para irse sin pagar?

Pero mi duda duró solo un instante. El hombre canoso, negando con la cabeza, le aseguró que no hacía falta y sacó la billetera para pagar. Primero intentó hacerlo con su tarjeta, pero el sistema la rechazó. Le advertí que la tarjeta no funcionaba, y le pregunté si quería que la pasara otra vez; en ocasiones eso sirve y la segunda vez el aparato la lee sin problemas. El hombre no me contestó inmediatamente, se quedó silencioso y pensativo. Por un segundo miró a la mujer con preocupación, pero ella se había alejado unos pasos y veía distraída hacia el coche, hacia donde estaba el muchacho.

Tuve que insistir y volví a repetir mi sugerencia respecto a la tarjeta. El hombre estaba inmóvil. Se veía como indeciso, pero mucho, como si la duda que tenía fuera muy grande. Pensé que me daría una segunda tarjeta para intentar, en la billetera tenía a la vista otra media docena, pero no lo hizo.

En ese momento la mujer se giró hacia nosotros y fíjese que estuvo curioso que el hombre se alteró mucho. Antes de que ella se acercara nuevamente al mostrador, me dijo *Déjelo*, y casi me arrancó la tarjeta de la mano. Se apuró a pagarme en efectivo; tuvo que sacar hasta la última moneda para hacerlo e hizo un desparramo encima del mostrador de los puros nervios. Luego salió bastante rápido. La mujer lo siguió y ambos se subieron en el coche; no me pareció que fueran hablando entre ellos en el trayecto. Los vi marcharse desde el interior de la tienda.

Eso fue todo. Pero unos minutos después recibí la llamada. La voz se identificó como un oficial de la policía y me explicó que necesitaban saber quién había hecho uso de la tarjeta rechazada. Lo primero que supuse es que se trataría de una tarjeta robada, y mientras contestaba las preguntas pensé que aquellos tres eran el grupo de ladrones más raros que había visto en mi vida, quiero decir, por lo menos tenían unos disfraces fantásticos.

Luego me hicieron algunas preguntas más y comprendí que se trataba de otra cosa. Aunque lo que me explicaron sonaba bastante ridículo; me dijeron que la señora tenía secuestrado al viejo desde hacía no sé cuántas horas. Pero hasta donde yo vi la mujer nunca lo amenazó; se lo puedo asegurar. Él no se comportaba como si estuviera obligado a seguirla...

... No, fíjese que yo nunca vi que la mujer llevara un arma. Los oficiales también me lo preguntaron, pero no hubo nada de eso o yo no vi. También me preguntaron si había escuchado adónde se dirigían, y al principio respondí que no, pero luego, haciendo memoria, recordé que el hombre al momento de alegar su necesidad de comer alguna cosa, explicó a la mujer que todavía faltaban como treinta kilómetros para llegar a Los Manantiales.

Ese lugar es uno de los barrios más exclusivos de por aquí, de esos que tienen seguridad en la puerta y que solo te dejan entrar si conoces a alguien que viva dentro. Iban para allí. Y cuando se lo dije a los policías, se emocionaron mucho, parece que les confirmé una sospecha que ya traían. Eso es todo lo que tengo para contarle, pero quiero agregar que no me pareció que la mujer estuviera haciéndole algo malo a ese señor. Se lo digo sinceramente, me parece que no. Estaba alterada y de malas, pero nunca lo trató incorrectamente, ni ocurrió frente a mí ninguna clase de violencia.

•●•

Llegaron a las doce y cuarenta y siete minutos. Cruzaron el *hall* los tres juntos. Conozco al doctor Sandoval porque viene con cierta frecuencia a visitar a la señora Lorena, sobre todo desde que murió el padre de ella. Sandoval se ha vuelto, según he oído, su asesor personal en materia de negocios. Yo lo ubicaba perfectamente aunque, antes de aquel día, no habíamos intercambiado más que unas pocas palabras corteses de saludo.

La señora Lorena no estaba en casa al momento en que se presentaron a buscarla, pero igual autoricé al de la garita de seguridad para que les permitiera pasar al edificio, a modo de que pudieran dejarme un mensaje o lo que desearan.

Cuando llegaron hasta mi escritorio les comenté de la ausencia de la señora Morgan, pensé que optarían por dejar un recado. Como Sandoval llevaba un sobre en la mano que parecían documentos, me ofrecí de inmediato a entregárselos yo mismo si ese era el caso, para evitarles la molestia de esperar. Les advertí que la señora Lorena iba a tardar; yo mismo la había visto salir muy arreglada camino hacia una fiesta o un coctel. Noté que Sandoval se ponía nervioso con la noticia.

Hablaron algunas palabras entre ellos que no alcancé a escuchar y luego me anunciaron que pensaban aguardar. Parecían muy decididos así que no insistí. Fue curioso que no se sentaran en los sillones del *lobby* como hace todo el mundo, permanecieron los tres de pie cerca de los elevadores, muy juntos pero más bien silenciosos. Sandoval no paraba de mirar su reloj...

... No, no lo pensé. Era rara la hora de visita, también la ropa del doctor Sandoval, ahora que me acuerdo no llevaba camisa. Todo eso era extraño, pero mentiría si le dijera que imaginé que había algo malo con ellos. Tal vez fue porque esa noche yo estaba particularmente cansado. No había dormido gran cosa durante el día, así que, a diferencia de mi natural actitud, esa vez no estaba comunicativo; no les hice plática ni les presté demasiada atención. De hecho me costó bastante mantenerme despierto.

En determinado momento el doctor Sandoval hizo una llamada telefónica, y lo escuché anunciarle a los otros dos que alguien venía en camino, imaginé que se refería a la señora Lorena. Los otros dos parecieron distenderse con la noticia, no así el hombre que seguía mirando su reloj pulsera a cada minuto.

Hay un pequeño lapso ahí que se me pierde de la memoria, no sé si esperaron mucho o poco. Recuerdo sí el momento en que apareció la señora Lorena, no atravesó el *hall* sino que entró directo por una puerta del fondo porque venía del estacionamiento. Saludó a Sandoval y a los otros dos amablemente, parecía un tanto achispada; digo yo que tal vez había bebido un poco más de la cuenta.

El señor Sandoval le expuso rápidamente el motivo de la visita. Alcancé a oír que necesitaban una firma urgente en un documento y ahí comprendí por qué no habían querido irse. Le alcanzó un bolígrafo y el documento en cuestión. En ese instante todos se acercaron hasta el escritorio donde me encontraba. Sandoval me pidió permiso y yo retiré de la mesa la correspondencia que había estado clasificando para entregar en los distintos apartamentos. El hombre pasó las páginas del expediente hasta llegar a su hoja final, mientras insistía a la señora Lorena en que solo requerían de esa firma y se marcharían de inmediato para no importunarla más de lo necesario.

La cosa fue que ella no se decidía a firmar; parada al lado del escritorio tuvo un comportamiento bastante confuso. Primero dijo *No veo bien* y se puso a buscar sus lentes, encontró el estuche pero al abrirlo resultó estar vacío. Todavía rebuscó unos minutos más dentro de su bolso sin éxito. Luego tomó el papel e hizo el esfuerzo de leerlo igual; durante unos segundos lo apartó y lo acercó a su cara intentando que sus ojos consiguieran hacer foco sobre las letras, alcanzó a mal leer unas frases en voz alta, hasta que unos segundos después abandonó el intento con una risita tonta. El grupo que la rodeaba comenzó a impacientarse.

A lo mejor fue porque ya era muy tarde, porque estaba un poco bebida, o porque no se le daba la gana, lo cierto es que comenzó a mostrarse reacia a firmar; lo que evidentemente sorprendió a Sandoval, que no parecía esperar resistencia. El hombre insistió asegurándole que no la molestaría, siendo aquella hora tan impropia, si no se tratara de una verdadera emergencia. A lo que ella alegó que se sentía realmente agotada como para manejar cualquier clase de asunto, e incluso hizo un primer amague de dirigirse hacia el elevador. Los otros dos comenzaron a ponerse nerviosos y le cortaron el paso colocándose discretamente en su camino, aunque sin decir palabra; solo Sandoval presionaba con nuevos argumentos.

En eso estaban cuando ocurrió algo increíble: tres automóviles particulares llegaron a las puertas del edificio y media docena de policías se bajaron con rapidez. No venían uniformados pero desde lejos se notaba que eran agentes. Nunca he visto un operativo más estúpido. Soy expolicía y sé de qué le hablo; es cierto que no traían sirenas ni logotipos que identificaran los automóviles, pero aparecer de ese modo, bajarse frente al *hall* de un edificio completamente de vidrio con una actitud más que evidente de venir en pos de un arresto; ¡si a un par de ellos hasta se les veían las sobaqueras con armas debajo de la ropa!, y otro ¡hablando por *walkie talkie*! ¡Inútiles! Llegar así es precipitar la violencia. Por eso pasó lo que pasó.

En cuestión de segundos la mujer colocó un brazo por debajo de la barbilla de la señora

Lorena, y apretando su cuello mientras con la otra mano sostenía una pistola con la que le apuntaba a la cabeza, comenzó a gritar *Que nadie entre*. Recién entonces, los policías que avanzaban vieron con claridad a la mujer y comprendieron lo que habían suscitado al interior del edificio con su obvia aparición. Los vimos cambiar de táctica, regresando torpemente sobre sus pasos y parapetándose detrás de los automóviles.

Yo estaba paralizado por la sorpresa. La mujer nos ordenó a Sandoval y a mí que nos acostáramos en el suelo bocabajo mientras dirigía momentáneamente el cañón de la pistola hacia nosotros, luego indicó al muchacho que se escondiera detrás del escritorio; todos obedecimos. Ya en el suelo, recuerdo haberle preguntado a Sandoval por lo bajo qué carajos era lo que estaba pasando, pero el hombre no me respondió; estaba atento a la mujer, como esperando el momento para hablarle y tranquilizarla. Dos o tres veces la llamó. *Señora Bonet*, le dijo con voz apaciguadora, pero nunca tuvo oportunidad; ella estaba fuera de control.

Yo guardaba un arma en la gaveta del escritorio, sin embargo, por la distancia a la que me encontraba, me era imposible llegar a ella sin que la mujer se diera cuenta. Las cosas ya estaban bastante tensas, y por mi experiencia sabía que cualquier movimiento en falso podría precipitar un mal desenlace. La mujer estaba sumamente exaltada, la pistola apuntaba alternativamente a las ventanas de vidrio y a la cabeza de la señora Lorena, quien se mostraba sorprendentemente lúcida y se comportaba de un modo muy valiente, sin llantos ni histeria.

Entonces nos llegó una voz masculina a través de un megáfono. Alguien hablaba desde el exterior del edificio. Era lo que llaman un negociador. Le pedían a la mujer que bajara el arma, que se calmara, prometían que nadie iba a dispararle ni hacerle daño; buscaban el modo de entablar un diálogo.

Ella parecía sorda a los pedidos, solo negaba con la cabeza, alteradísima, y seguía gritando absurdamente *¡Que nadie entre! ¡Que nadie entre!* Aunque afuera nadie se movía en dirección al edificio. Un poco después la misma voz anunció que iban a llamar al teléfono de la portería, le pidieron que contestara, que tan solo levantara el tubo para escuchar lo que tenían para decirle. Pero ella no atendía a razones, gritaba y gritaba lo mismo como si no comprendiera en absoluto lo que se le solicitaba.

De pronto el teléfono comenzó a sonar, y todos quedamos inmóviles y silenciosos, incluso ella. Sonó muchas veces sin que nadie se decidiera a responder, finalmente fue el muchacho el que se puso de pie y se llevó el aparato a la oreja. Todos permanecimos atentos a sus reacciones, esperando sus palabras. Su voz se quebró al anunciarle a la mujer *Dicen que papá está muerto.* De golpe su cara de desconcierto era la de un niño.

Aunque yo no entendía nada, igualmente pude percibir lo terrible de la situación y me dio pena por el muchacho. Pero claro, la mujer no creía, no les creía nada. Y es verdad que en la situación en la que se encontraba era difícil confiar en la policía. Yo mismo pensé que eran capaces de decir cualquier cosa para desestabilizarla y que ella se entregara; aunque al mismo tiempo me dije que era difícil imaginar que alguien inventara una trama de ese tipo, una mentira así, con esa crueldad. Ninguno de los presentes sabíamos qué pensar.

Entonces la escuché decir *No es verdad,* primero en voz muy baja como para sí misma, y luego lo gritó muchas veces mirando hacia las ventanas, como queriendo que los policías escucharan.

*Llama a casa, llama a la tía,* le exigió al muchachito. Pero él no parecía pensar que el anuncio se tratara de un engaño y permanecía abatido, como aislado de la situación e incapaz de moverse. Al ver que no conseguía la atención del hijo, la mujer soltó el cuello de la señora Lorena y de un empujón la obligó a hincarse en el piso, luego apoyó el cañón de la pistola directamente sobre su nuca. La mano le temblaba, confieso que creí que se le escaparía un tiro. La señora Lorena permaneció muy quieta, con los ojos cerrados, tal vez rezaba.

En aquello se vio toda su inexperiencia, al forzar a la señora Morgan a colocarse sobre sus rodillas, la mitad de su cuerpo quedó expuesto a un posible disparo de la policía. Moví mi cabeza hasta conseguir un ángulo que me permitiera ver el accionar de los agentes fuera del edificio, pero para mi sorpresa no estaban haciendo nada; ninguno se colocó en ángulo de tiro ni se acercó aprovechando la distracción del momento. Al parecer ellos eran aún más torpes que la agresora. Pero yo sí comencé a deslizarme milimétricamente hacia mi escritorio sin que ella lo notara, pensé que alguien debía tomar cartas en el asunto.

Con la mano libre la mujer tomó su teléfono celular. Después de tocar un par de botones, anunció con el rostro desdibujado por la angustia *Hay muchas llamadas perdidas.*

∙●∙

Yo había pasado horas tratando de comunicarme sin conseguirlo. Y pensar que pudo ser distinto. Sonia siempre dejaba su celular sin sonido durante la noche para que nada incomodara el descanso de Memo y esa mañana había olvidado arreglarlo; claro que mientras yo la buscaba con desesperación no lo sabía y evidentemente por un larguísimo rato tampoco ella se dio cuenta. Así de simple, así de tonto. La clase de decisión insignificante que la mente transforma en un error inmenso y que volverá para atormentarte el resto de la vida. Ese detalle mínimo les robó la posibilidad de una despedida.

Mi hermano comenzó a sentirse muy mal al mediodía, pero esta vez el dolor era distinto y ambos lo supimos de inmediato, era el pecho, el brazo, un malestar generalizado. Llamé a la emergencia y mientras esperábamos a los médicos hice la primera llamada a Sonia, la única que realmente habría sido valiosa, porque en ese momento Memo aún estaba perfectamente lúcido. Su corazón se detuvo mientras íbamos camino al hospital en la ambulancia pero los paramédicos consiguieron echarlo andar. Sin embargo, unos minutos después, el cuerpo todo empezó a colapsar. Fue muy rápido, y creo que no sufrió demasiado, aunque ¿quién puede saberlo?

El conductor de la ambulancia me había pedido que los siguiera en mi coche pero por suerte no le hice caso, así que gracias a Dios estuve allí para tomarle la mano en todo momento. De pronto me dijo *No me quiero morir,* en voz muy baja, muy angustiado, y yo le contesté que no se preocupara, que todo iba a salir bien; pero me equivoqué. Cuando llegamos al hospital lo intentaron todo, pero fue imposible reanimarlo.

Me explicó el médico que su cuerpo ya estaba demasiado lastimado por efecto de los tratamientos, los fármacos, el estrés, la propia enfermedad. Ese mismo doctor me confirmó esa noche, como antes lo habían dicho otros médicos, que un trasplante lo pudo haber salvado de haberse hecho en tiempo y forma. Me confirmó lo que todos sabíamos y la aseguradora negaba. Si no me cree puede preguntárselo usted mismo, es el cirujano Revetia, él se lo dirá. Pero lo cierto es que a esa altura ya no hubo nada que hacer.

Y me volví loca tratando de localizar a Sonia y a Darío. Llamé a todo el mundo, amigos, conocidos, vecinos, pero nadie sabía nada; las horas pasaban y yo no tenía idea de dónde podían estar. En la tarde la policía me localizó en el hospital y ahí supe lo que había estado ocurriendo, las absurdas razones de su ausencia.

Me contaron del arma que llevaba Sonia y del disparo en el gimnasio. También que había secuestrado a un hombre acompañada por Darío y que se desconocía el paradero de los tres. Los oficiales me interrogaron, me acosaron con sus dudas, creían que se trataba de un plan acordado por la familia, me presionaron una y mil veces para que confesara cuáles serían los próximos pasos de Sonia; si planeaba matar a alguien, si pensaban pedir un rescate... ¿Qué iba yo a saber? Mi última noticia es que habían salido temprano en la mañana hacia las oficinas de Alta Salud para hablar con un médico importante, yo ni siquiera sabía el nombre del especialista. Jamás Sonia o Darío hablaron de secuestrar o lastimar a nadie. ¡No podía creer lo que me estaban diciendo de ella! Era como si me hablaran de otra persona.

Usted no tiene idea la clase de mujer que es mi cuñada; es una luchadora, una corredora de fondo, la clase de gente capaz de soportarlo todo y más. No puedo entender qué fue lo que le pasó, no sé si ella lo entiende tampoco. Creo también que se ha exagerado todo y le buscan tres pies al gato queriendo demostrar que había una intención premeditada, pero nadie ha podido probar eso...

... Sí, lo lamento... Ellos me hicieron muchas preguntas. Les repetí hasta el cansancio que no tenía manera de dar con Sonia, que de hecho no me había contestado el teléfono en todo el día, que a mí también me urgía encontrarla. Entonces me dijeron que iba a tener que acompañarlos a la delegación de Policía para tomar por escrito mi declaración; no sé si sería para asustarme o qué, pero ahí sí perdí la paciencia, les contesté que si no estaba detenida no iba con ellos a ninguna parte. Y ya fuera de control les grité que mi hermano se acababa de morir y que si por favor tendrían la amabilidad de dejarme llorar en santa paz. Creo que con esto último se ablandaron, no sé si creyeron o no en mi inocencia, pero la cosa es que me dejaron tranquila.

A partir de ese instante ya no hicieron preguntas, aunque un oficial permaneció a mi lado cada segundo; vigilando lo que hacía, esperando a que tomara mi celular, espiando las conversaciones que tuve con los familiares que se acercaron para apoyarme al hospital. No tuvo suerte conmigo, pero finalmente fue Sonia la que se comunicó.

Era muy tarde en la noche cuando me llegó su voz a través del teléfono, solo dijo *Mónica*. Pronunció mi nombre, nada más. Justo en ese momento yo estaba enfrascada en una discusión con los funcionarios del hospital que insistían en trasladar el cuerpo de mi hermano a un velatorio, a lo que yo me rehusaba con firmeza. Aquella era decisión de la viuda, no mía, hasta que Sonia no apareciera no moveríamos el cuerpo; eso les estaba avisando. Fue más o menos en ese instante que ella llamó.

Y tuve que decírselo. Tuve que contarle de la muerte de Memo y lo hice lo mejor que pude. Solo que a la mitad de la explicación, por su silencio, comprendí de pronto que ella ya sabía. Era evidente que alguien se lo había comunicado antes, y que esa llamada desesperada buscaba en realidad que yo negara la información que había recibido. Pero la noticia era cierta, horriblemente cierta. Cuando me di cuenta de esto, dejé de darle detalles.

*No sufrió*, le dije y luego agregué que hasta el último minuto de conciencia había hablado de ella y de Darío. Del otro lado solo había silencio, demasiado silencio y me asusté. *Dime algo*, le pedí, *quédate conmigo, háblame. Sonia, por Dios, dime qué está pasando.* Comprendí que ya no me escuchaba.

Sé que no tiene sentido lo que voy a contarle, pero yo la oí romperse por dentro. Su respiración, su silencio; escuché algo que no puede explicarse y supe que su alma se había quebrado en pedacitos en el instante mismo en que le confirmé la muerte de Memo. Con mi oreja pegada al teléfono todavía alcancé a escuchar lo que pasaba al otro lado de la línea, percibí claramente cuando el celular se le cayó de la mano o lo arrojó al piso, no puedo saberlo. Luego su voz lejana que ya no hablaba conmigo, que ya no hablaba con nadie en particular, su voz ronca y perturbada que decía *Lo mataron, mataron a mi esposo.*

••

Nos íbamos de fiesta y bajamos haciendo puras tonterías; no teníamos idea de que el edificio estaba rodeado de policías. Montse se puso lápiz labial y estampó su boca muchas veces en el espejo del elevador. Siempre hace eso, en todas partes, en los coches estacionados, en el baño de la escuela, en la oficina de su papá; aunque es un chiste repetido y pendejo igual me hace reír.

Así que llegamos a planta baja en plena carcajada y las dos frente al espejo. La puerta se abrió detrás de nosotras y luego vino la sensación más extraña que he sentido en mi vida.

Antes de darnos vuelta hacia la puerta del elevador y el *hall*, yo ya había visto reflejadas en el espejo a las dos mujeres: la de la pistola estaba completamente de espaldas y además no la conocía, pero la otra era la señora Morgan; la vi de perfil pero igual supe perfectamente de quién se trataba. Cómo no iba a saberlo si es mi vecina. La había visto muchas veces en el gimnasio del edificio haciendo *spinning*.

Lo loco de todo el asunto es que como Montse y yo veíamos de frente al espejo, no hacia el exterior del elevador, toda la escena: las mujeres, el portero y el otro hombre acostados en el suelo, era como una película proyectada en ese espejo. Tardé unos segundos en darme cuenta de que lo que veíamos era real. De pronto me sentí como despertando de un mal sueño, y quise apretar un botón del ascensor, cualquiera, quería cerrar la puerta y salir sana y salva en otro piso del edifico. Pero justo en ese momento la mujer de la pistola dio unos pasos para atrás y se introdujo en el elevador arrastrando a la señora Morgan. Lo hizo sin girarse, o sea que nunca nos vio a Montse y a mí ahí dentro.

Nosotras retrocedimos súper asustadas; yo no podía quitar los ojos de la pistola y del rostro de la señora Morgan que ahora había quedado frente a mí y me miraba sin decir palabra. Un segundo después escuché una voz de hombre que gritaba *Alto,* ¿o sería *Suéltela*? ¿Es importante que recuerde eso?...

... Bueno, no sé qué cosa gritó, pero esa voz me hizo poner mi atención fuera del elevador. Cuando desvié la mirada hacia el *hall,* alcancé a ver al portero que estaba agachado junto a su escritorio con los cajones abiertos y una pistola en la mano. Apuntaba hacia donde estábamos todos nosotros; por puro instinto tomé a Montse del brazo y la obligué a agacharse. Quedamos las dos abrazadas una a la otra en un rincón, ocupando el menor espacio que podíamos.

Y entonces, sorpresivamente, apareció un chavo en mi campo visual. No sé de dónde, no lo había visto antes, aunque claro que desde el elevador no se veía gran cosa. Se paró exactamente en mitad del trayecto entre el arma del portero y la mujer, se colocó con los brazos en alto, a la altura de la cabeza, como hacen en las películas cuando alguien se rinde. Y el portero no disparó, lo vi levantarse y avanzar pistola en mano hacia nosotros amenazante, pero no disparó.

Fue esa pausa que el chavo aprovechó para colarse él mismo dentro del elevador. La puerta se cerró un momento después. Y la mujer del arma empezó a gritar espantoso, *¿Cuál es tu piso, zorra?* A la señora Morgan le gritaba...

... Bueno no sé si haya dicho zorra, pero sí le gritó muy feo. Yo sabía perfectamente cuál era su departamento, pero me hubiera muerto antes de decirlo. Me daba un sentimiento horrible lo que le estaba pasando, era súper obvio que esa mujer quería matarla.

Mientras tanto Montse se había puesto a llorar. Ella siempre moquea por todo, pero ahora estaba realmente asustada y lloraba con ganas. Yo creo que la señora Morgan la vio tan mal que por eso dijo *Vivo en el penthouse.* El muchacho pulsó el botón más alto, pero un segundo después la señora Morgan agregó *Por favor, déjelas bajar.* Pienso que solo allí la mujer de la pistola cayó en la cuenta de que había alguien más dentro del elevador. Su mirada se clavó en nosotras. Nunca nos apuntó, ni nos amenazó ni nos dijo nada malo. Pero de pronto Montse comenzó a vomitar, así de la nada, todos vimos cómo el vómito bajaba por el vestido. Supongo que se le habrá revuelto el estómago por el miedo. *Abre en cualquier piso,* le dijo entonces la mujer al muchacho. Y el chavo apretó un botón al azar y nos dejaron bajar en el décimo.

•••

Llegado un punto me prometí a mí misma que saldría bien del asunto; conseguí visualizar una imagen de bienestar en mi conciencia y me concentré profundamente en ella. Yo creo de verdad en el poder de la mente, lo que ves dentro de ti es lo que ocurre afuera. Así que aunque los primeros minutos fueron muy difíciles, yo supe que no iba a morir...

... No, no sé si la señora Bonet tenía el propósito de matarme, tal vez sí, pero yo me concentré en no morir, y por eso supe cómo comportarme y también supe que saldría viva de allí...

... Nunca antes había visto a aquella mujer, no nos conocíamos. Cuando la descubrí a ella y al muchacho junto a Sandoval esa noche, su presencia me resultó extraña, pero yo estaba de muy buen humor así que los recibí a todos muy bien...

... No comprendo la pregunta...

... No, no me negué a firmar. Quise leer el documento primero, eso es todo. La cuestión es que Sandoval me comenzó a presionar y eso me irritó; no permito que nadie me diga lo que tengo que hacer. Igual supongo que unos minutos después habría terminado por firmar, pero llegó la policía y la situación cambió completamente.

Cuando la señora Bonet me puso el arma en la cabeza se me paralizó el corazón; nunca en mi vida había sentido un terror semejante. Porque además no entendía absolutamente nada de lo que estaba pasando. ¿Quién era? ¿Una asesina? ¿Por qué estaba en mi edificio? ¿Por qué la acompañaba Sandoval? Por un largo rato pensé que estaba metida en mitad de un asunto horrible por accidente, y que la misma mala suerte que había conducido los pasos de esa mujer hasta mi edificio, había hecho que yo fuera tomada como rehén.

En el momento en que hizo la llamada, me obligó a hincarme en el *hall*, de espaldas a ella y con la cabeza gacha. Hace años que dejé la religión católica, pero cuando me vi sobre mis rodillas, sin pensarlo siquiera comencé a rezar con desesperación.

Ella tomó su celular y llamó a alguien. *Mónica* dijo, y no habló más por un buen rato. Yo no escuchaba nada. Era imposible saber lo que le decían, ¿le confirmaban lo dicho por la policía? Era difícil imaginar lo que pasaba por su cabeza, pero yo sentí temblar el cañón del arma sobre mi nuca y supe perfectamente que las cosas no marchaban bien.

Cuando gritó que habían matado al marido, sentí que todo se tornaba cada vez más confuso y enloquecido. ¿Quién le había matado al marido? ¿Qué tenía que ver conmigo? Después sentí que me jalaba de la ropa obligándome a ponerme de pie. Cuando me tuvo enfrente repitió en mi cara otra vez que todos nosotros habíamos matado a su esposo.

¿Nosotros quiénes? Estuve a punto de jurarle que yo no conocía a su marido, ni a ella, que todo se trataba de un terrible error, que me estaba confundiendo con alguna otra persona. Pero la mujer me obligó a ponerme nuevamente de espaldas a ella y me apretó contra su cuerpo; esa vez haciendo mucha presión con el brazo sobre mi cuello. Casi no podía respirar mucho menos hablar, así que no le dije nada. Luego me arrastró hacia el elevador.

Todo era absurdo, y aunque intentaba con verdadero ahínco mantener mi serenidad interior, formar un muro entre el mundo y yo, mi seguridad estaba a punto de naufragar...

... Sí, recuerdo a las chicas en el elevador. La mujer las hizo bajarse rápidamente, fue un mal momento para mí, porque cuando quedamos los tres solos en aquel espacio reducido creí realmente que podía morir, fue el único momento en que me dejé abatir. Sin embargo, me miré a los ojos en el espejo y llamé a mi jaguar interior...

... Es una metáfora, quiero decir que decidí luchar. Así que me puse alerta para poder actuar y defenderme; debía dejar de ser objeto pasivo para ser sujeto activo. Ella ya no me gritaba, de hecho pasó a estar muy silenciosa y reconcentrada. La presión que ejercía sobre mi cuello empezó a disminuir. Eso me hizo pensar que tenía una oportunidad y que debía aprovecharla.

Ni bien abrí la puerta del apartamento la mujer se separó de mí, empujándome hacia el interior.

Ambos entraron rápidamente, ella pasó el cerrojo y luego dio unos pasos hacia donde yo me encontraba. Todo ese tiempo permanecí muy quieta en el centro del *living*; inmóvil el cuerpo pero con mi cabeza funcionando a toda velocidad. Observé que mis posibilidades de llegar a cualquiera de las habitaciones y encerrarme eran nulas; mi sala es muy espaciosa y despojada, no había muebles tras los cuales atrincherarme realmente. Luego pensé que era mejor quedarme exactamente donde estaba, todo en derredor eran ventanas, desde otros balcones podrían ver la situación y tratar de pedir ayuda, de rescatarme o lo que fuera.

El muchachito estaba aún más quieto y silencioso que yo, tanto que casi me olvidé de su existencia. Ella levantó el arma otra vez apuntándome directamente; estaba muy angustiada, yo podía sentir claramente cómo luchaba en su interior, indecisa sobre lo que debía hacer. Recuerdo haberme encogido un poco sobre mí misma, pero nunca dejé de verla a los ojos. Tenía pavor de perder ese contacto, pensé que si dejaba de mirarla tal vez sí se animara a jalar del gatillo.

Un segundo después, aunque no la soltó, bajó la pistola, que quedó apuntando al piso. Y entonces empezó a hablar.

Esa fue mi ventaja, me dio el pie para dialogar. Dijo *Alguien tiene que hacerse responsable*, y luego preguntó *¿Quién es el hijo de puta que está a cargo de Alta Salud?* Solo ahí creí comprender cabalmente lo que estaba pasando. De pronto ya estaban todas las fichas sobre el tablero. Su marido, el que había muerto, debía estar asegurado con nosotros, la carta, la de Sandoval, era una autorización para algún tratamiento pero no había llegado a tiempo. Y aunque en ese momento no sabía ni la mitad de lo que esa mujer había pasado, en un instante supe que estaba enferma de dolor. Todo en ella era dolor.

*Lo siento*, le expresé con sinceridad, *de verdad lo siento*. Sus ojos estaban llenos de lágrimas cuando dijo *Alguien tiene que pagar, lo que hacen es criminal*.

Yo estaba confundida, no comprendía del todo qué esperaba la señora Bonet de mí. Supongo que ella no podía saber que los accionistas no tenemos una incidencia directa en las políticas internas de las corporaciones, cada una sigue su propia lógica, tienen directivos, gente que se hace cargo; esa no es nuestra función. Quien invierte sabe si es un buen negocio o si no lo es, si al final del año hay ganancias o pérdidas, si la cosa va bien o va mal en términos económicos, pero no tiene por qué saber mucho más. Tengo conocidos que ni siquiera se enteran a ciencia cierta del giro en el que se ocupan sus propias empresas.

Pero imaginé que explicarle eso no serviría de nada; incluso pensé que si lo decía podía confundir mis palabras con una excusa, con un intento de evadir el asunto. Así que con cautela le pregunté si había algún modo en que yo pudiera aliviar su pena, si podía hacer algo.

Ella me contestó *Claro que puede, deje de invertir su dinero de mierda en un negocio sucio que mata gente.*

Y cuando escuché esa frase en su boca, todo resultó muy claro para mí. En ese instante fue que tomé la decisión de separar mis intereses del sector de la salud. Es un problema de karma: el dinero ganado en un ámbito donde circula tanto dolor, tanta pena, tanto sufrimiento, no puede ser bueno. Decidí que yo no quería saber más nada de ese dinero, nunca como esa vez las cosas me resultaron tan evidentes.

Ya ve, todo ocurre para algo en esta vida.

# ELLA

¿Sabe lo que dijo? Que era consciente de que nada podría mitigar mi pena, pero que estaba dispuesta a conseguirnos una importante compensación económica; que yo mencionara la cantidad que me pareciera justa y que ella se encargaría de que Alta Salud la desembolsara.

¿Entiende? ¡Una suma por el sufrimiento de los últimos años, otra cifra a cambio de la muerte de mi esposo, algunos miles más para pagar abogados!

*Piense lo que le propongo,* insistió, *usted va a tener pronto muchos gastos y estará sola.* Y todo lo decía convencida; eso fue lo más indignante. No ofrecía un pago a causa del miedo que tenía, no estaba comprando su vida o su libertad, estoy segura de que lo sugería porque en algún sitio de su mente creía literalmente que el dinero soluciona las cosas, cualquier tipo de cosa.

Se me revolvió el alma de rabia y la insulté, le dije que ella y su empresa de mierda eran inmorales y repugnantes. También que no se la iban a acabar, que tenía las pruebas y la iba a hundir, a ella y a su maldita aseguradora. Aun escuchando eso, se atrevió a seguir adelante, *Sé lo que está sufriendo por su esposo...* Y ahí sí me colmó la paciencia, le dije que no se atreviera a mencionarlo, que no tenía ni puta idea de lo que yo estaba sintiendo y que se hacía la buena porque estaba cagada de miedo. Todo eso le dije, pero puedo asegurarle, puedo jurarle, que no volví a levantar el arma como dicen que hice...

... ¡No! ¡No hay ninguna confusión posible! Tal vez hice algo con los brazos, un gesto, cualquier cosa así; pero le garantizo que no volví a amenazar a esa mujer.

Y no le apunté con la pistola porque ya no esperaba nada, ¿entiende? No lo hice, simple y sencillamente porque a esa altura de las cosas yo ya sabía que mis acciones habían sido por completo inútiles. Nunca tuve oportunidad de conseguir lo que me propuse. Alta Salud es un monstruo de mil cabezas y ningún cerebro; allí dentro nadie está pensando en los pacientes, ni en su salud ni en su vida ni en su muerte, en realidad no están pensando en absoluto. Nadie me iba a escuchar porque allí dentro todos están sordos por el ruido de las miserables monedas que viven contando, desesperados como cerdos por las ganancias.

Le grité y me acerqué a ella, pero ya no buscaba intimidarla. ¿Para qué, si Memo había muerto? Por eso puedo asegurarle que no hubo una segunda vez, en ese momento no le apunté. Y, sin embargo, fue ahí que recibí el disparo.

Al principio no hubo dolor físico, antes fue la sorpresa. Algo me atravesó el hombro derecho y un segundo después ya estaba en el suelo; nunca hubiera creído que la sangre podía salir con tanta prisa del cuerpo.

La pistola resbaló de mi mano y recuerdo haberme sentido profundamente torpe. En mí estaba el ímpetu por recuperarla; no voy a decirle que pensé en rendirme, porque no sería cierto. Fue mi brazo lo que me obligó a desistir, la fuerza de mi brazo que desapareció con la misma rapidez con que la sangre se extendía por el piso lustroso de madera. Descubrí entonces los pedazos de vidrio roto esparcidos por el suelo y al levantar la mirada alcancé a ver al policía que me había disparado apostado en el balcón vecino. Todavía me apuntaba, y aunque estaba lejos, casi le podría jurar que nos miramos uno al otro directamente a los ojos.

Desde mi cabeza ordené a mi cuerpo hacer un movimiento hacia el arma; pero solo conseguí desplazarme mínimamente, la pistola seguía fuera de mi alcance. Entonces me puse a gritar, *Darío, toma la pistola, ¡tómala! Está bajo el sofá. ¡Toma la maldita pistola, Darío!*

*No quiero,* me contestó. Y solo cuando lo dijo lo miré, antes no, las cosas habían ocurrido de un modo tan veloz que lo había perdido de vista un tiempo. Entonces pude darme cuenta de que temblaba, con todo el cuerpo, como si de golpe hubiera contraído una fiebre; estaba enfermo de pánico y yo era el origen de su terror. Comprendí en ese instante que tenía que parar, había llegado demasiado lejos y tenía que parar.

Me olvidé de la pistola e intenté arrastrarme hasta él para abrazarlo pero no pude moverme, entonces le dije, o creo que le dije, *Todo va a estar bien, lo siento Darío, todo va a estar bien.* Y mientras lo decía, también comprendí otra cosa, en un relámpago de lucidez supe que no podía morirme porque no debía dejarlo solo. Después de eso, me desmayé.

# Los otros

Sí, señor, fui yo. La orden era hacer un disparo limpio, uno solo, que la desarmara sin lastimarla más de lo necesario. Quería acertar en la mano, esa era la intención, pero en el último momento hizo un movimiento inesperado: aparentemente subió el tono de la discusión y la otra dijo algo, no sé qué sería, desde donde estábamos no podíamos escucharlas, pero lo que sea que dijo provocó que la señora Bonet le apuntara bruscamente con el arma. Vi que iba a disparar...

... Estoy seguro. La reacción de la otra mujer lo confirma; cuando la señora Bonet levantó la pistola, ella se agachó detrás de un sofá, uno pequeño de la sala. ¿Por qué iba a hacer eso si no se sintiera amenazada? Aunque estaba lejos pude sentir el temblor de la mano sobre el gatillo y decidí no esperar. Disparé y acerté sobre su espalda. En unos

minutos conseguimos pasar al balcón del apartamento con mi compañero...

... No, no creí necesario hacer un segundo disparo. Lo pensé, pero noté que después de recibir el
impacto y caer, la señora Bonet ya no tenía energía
para hacer nada más. Fue cosa de un minuto para
que se desplomara inconsciente.

Llegamos al balcón y descubrimos que estaba
cerrada la puerta de vidrio. La dueña de casa seguía escondida detrás de la butaca, supongo que
estaría confundida y no parecía capaz de pres-
tarnos gran ayuda. La velocidad era importante,
porque aunque la señora Bonet parecía desma-
yada, desde el exterior no podíamos estar plenamente seguros. Además, el arma seguía ahí, al
alcance de cualquiera y, si bien el joven se había
agachado al momento del disparo y permanecía
inmóvil, no sabíamos cómo podían evolucionar
los eventos. Fue así que decidimos ampliar la ro-
tura del vidrio para ingresar, golpeamos allí por
donde había pasado la bala e hicimos caer la ven-
tana entera.

Mi compañero entró y recuperó el arma perdi-
da. Yo me dirigí a la señora Bonet para atenderla.
La toqué buscando sus signos vitales y fue en ese
momento que el muchacho reaccionó como un loco. Se incorporó y en un segundo ya lo tenía aba-
lanzado sobre mi espalda. Trataba de apartarme

del cuerpo de su madre violentamente, dándome golpes en la cabeza, en el cuello.

Mi compañero lo aventó con fuerza alejándolo de mí, pero la separación duró solo un instante. El jovencito volvió a repetir su intento de proteger a la madre. Esta segunda vez se abrazó a ella, aferrándose a sus piernas, a la vez que con verdadera ferocidad mordía y daba patadas, tanto a mí, que intentaba darle los primeros auxilios a la mujer, como al compañero que intentaba someterlo. De pronto comprendí que por ese camino íbamos a terminar lastimándolo, tal vez seriamente y no queríamos eso, así que decidí cambiar de táctica.

Lo obligué a colocarse bocarriba y me senté sobre su tórax, apoyando mis rodillas sobre sus brazos para inmovilizarlo. Luego lo tomé con firmeza por las orejas para que me volteara a ver y le dije, lo más serenamente que pude, que debía soltarla, que yo le prometía que no íbamos a dejar morir a su mamá, pero que tenía que apartarse para que la pudiéramos llevar con un médico y detener la hemorragia; le advertí con severidad que si no la dejaba, ella iba a morir desangrada y sería su culpa.

Él me miró un momento con los ojos abiertos como platos y entonces, por fin, dejó de luchar. Después se puso a llorar acostado en el suelo... Me aparté y regresé con la mujer mientras mi compañero lo colocaba bocabajo y le esposaba las manos en la espalda. Como ya parecía estar todo bajo control avisamos para que subieran los paramédicos.

... Fue una situación difícil. Muy desagradable...

... ¿Por qué? No sabría decirlo...

... Supongo que porque todos nosotros, los que estábamos en el caso, ya sabíamos a esas alturas quién era la señora Bonet y lo que les había pasado como familia. También sabíamos que el muchacho ese que lloraba como un niño, que era un niño en realidad, acababa de perder al padre. Y pues ahora, además, tenía a su madre inconsciente con una bala en la espalda en un charco de sangre.

No lo sé explicar muy bien: cumplí con mi deber, para eso me pagan, pero lo que hice no me hizo sentir bien. Y es que en este trabajo uno ve gente jodida de veras; algunos capaces de asesinar por cien pesos o por un pase de droga, violadores, ladrones que pasan a cuchillo a sus víctimas antes de robar solo para evitar el forcejeo; hay de todo pues, y ella, bueno, ella no era nada de eso. Pero ni modo, no debíamos poner en riesgo la vida de la otra mujer, así que fue lo correcto. Sé que fue lo correcto.

Mientras los paramédicos atendían a la señora Bonet, mi compañero se llevó al muchacho esposado, y él lo dejó hacer, ya no opuso resistencia...

... No, no dijo ninguna cosa. Había dejado de llorar y se mostraba tranquilo. Mi compañero lo hizo ponerse de pie y salieron del departamento. Un segundo después los paramédicos, luego de hacer una primera valoración y viendo que estaba estable, treparon a la señora Bonet sobre la camilla para bajarla hacia la ambulancia. Otros dos se acercaron a la dueña de casa que se había trasladado al balcón y hablaba con alguien por su celular. Pero ella no se dejó atender, rechazó al personal médico con un gesto y un agradecimiento, supongo que se sentiría bien, incluso encendió un cigarrillo, y siguió hablando por teléfono como si nada.

Más tarde subiría un detective para hacer preguntas a la señora Morgan, pero esa no es mi función, así que viendo que ya no se requería de mi presencia bajé acompañando a la mujer herida en el elevador. Ella seguía dormida y estaba pálida; la sangre que perdió fue mucha. Para atenderla habían desgarrado su ropa y llevaba los senos descubiertos; les pregunté a los paramédicos si tenían algo con qué cobijarla y me dijeron que no. Decidí taparla con mi abrigo, abajo habían muchas personas y no me pareció apropiado que todo mundo la viera así desnuda.

Al momento de cruzar el vestíbulo del edificio, un hombre mayor se separó de entre el grupo de curiosos que esperaba y se nos emparejó; luego supe que ese señor era Sandoval. Avanzó rápidamente junto a la camilla en movimiento. Mientras caminábamos hacia la ambulancia me preguntó si la mujer se recuperaría, le dije que no lo sabía. También preguntó por la otra, le expliqué que estaba sana y salva, él exclamó *Gracias a Dios*, o algo así.

Para ese momento ya estábamos al pie de las puertas abiertas de la ambulancia. En ese instante la señora Bonet abrió los ojos, aunque no estoy seguro de que estuviera realmente consciente de lo que ocurría a su alrededor. Me miró a mí primero y luego al hombre, y en un impulso lo tomó de la mano. Había un miedo de animal acorralado en sus ojos. Sandoval se desprendió rápidamente de ese contacto, como si le resultara molesto. Sin embargo, al retirarse, creo que se arrepintió de su brusquedad o no sé por qué lo haría, pero la cuestión es que volvió sobre sus pasos para poner una carpeta sobre la camilla, a un lado de la señora Bonet y luego me dijo, *Vea que no pierda esto, es importante*. Supongo que eran documentos pero yo nunca la abrí ni vi lo que contenía.

Después dio media vuelta y se marchó. Ayudé a los paramédicos a subir a la señora Bonet en la ambulancia, con el traqueteo volvió a desvanecerse. La actitud de Sandoval me hizo pensar muchas cosas. Pero sé que mis opiniones no importan, yo acato órdenes y cumplo con mi deber.

•••

Era muy tarde, pienso que serían cerca de las dos de la mañana pero no miré el reloj. Me despertó el celular de la empresa, mi teléfono personal no lo tiene nadie en el trabajo. Era la señora Morgan, y estaba muy alterada...

... Soy su asistente personal, no tengo un horario específico. Ella quería que... básicamente me indicó que fuera rápidamente al hospital policial, iba en camino una mujer que había sido herida y detenida dentro de su casa, y la señora Morgan tenía interés personal en mantenerse al tanto de lo que pasara con aquella persona...

... ¿Las palabras exactas?

... Me pidió que investigara el estado de salud de la mujer y también cómo estaba el ambiente...

... Le preocupaba que hubiera prensa, a eso se refería.

... No, en ese momento no me contó detalles de lo ocurrido en su departamento. Me dio el nombre, claro está: Sonia Bonet, pero no me comunicó gran cosa sobre los antecedentes de la mujer como cliente de la aseguradora. Eso lo averigüé por mí misma. También me pidió que llamara a Tomás para que fuera esa misma noche a buscar en los archivos de Alta Salud todo lo correspondiente al caso del esposo de la señora Bonet, Guillermo Bonet; ordenó que se investigara el caso a fondo.

... ¿Tomás? También es su asistente, ambos lo somos.

Para cuando llegué al hospital, la señora Bonet estaba siendo intervenida para retirar la bala que se había alojado en el omóplato; al parecer el hueso se había deshecho con el impacto y también había algún problema con su pulmón. Esa información la supe en cuanto llegué, porque efectivamente había varios periodistas y un encargado del hospital salió para informar sobre el caso; el pronóstico no fue muy alentador. Decidí permanecer en el hospital hasta que saliera del quirófano.

Unas horas después se supo que la paciente ya estaba estable, delicada, pero estable. Conseguí entrar hasta el piso donde ella estaba ingresada...

... Sí, claro que había custodia, es un hospital policial, pero no deja de ser un hospital, con mucha gente trabajando ahí dentro. No fue difícil pasar. Los periodistas no lo hacían porque estaban esperando el informe a través de la policía, supongo que eso los retenía en la puerta, o no saben hacer su trabajo, no lo sé, pero yo sí conseguí subir...

... Fui a donde ella estaba porque la señora Morgan me había solicitado que averiguara si alguien acompañaba a la mujer. Específicamente me pidió saber si había hablado y con quién. Pero la señora Bonet se encontraba sedada y según me explicó una enfermera lo estaría por varias horas.

*Aún no le hemos visto los ojos abiertos,* eso fue lo que dijo.

Tuve oportunidad de confirmar que aquello era cierto, no entré a la unidad de cuidados intermedios, naturalmente, pero sí alcancé a verla a través de un vidrio: estaba inconsciente. Al bajar y mezclarme con los de la prensa, también me enteré de que aunque hubiera estado despierta daba lo mismo: se encontraba en régimen de incomunicación.

Pero el revuelo que se estaba armando era importante. Había rumores y mucha presión por conocer su versión de la historia; así que era bastante obvio que esa prohibición no iba a resultar duradera. Pesaban sobre ella acusaciones graves, pero ya se podía oler en el lugar que la mujer y su caso tendrían la simpatía de la prensa y de la gente. Esas fueron exactamente las impresiones que transmití a la señora Morgan esa noche...

... ¿Ella? Bueno, me contestó que me ocupara de vender todas las acciones que le pertenecían en Alta Salud en ese mismo instante, al precio que me ofrecieran, que debíamos ser hábiles para no levantar sospechas pero también veloces...

... ¿Lo que dijo? ¿Exactamente?... Sí, bueno, dijo que me apurara porque en pocas horas Alta Salud no iba a valer ni el papel higiénico con que sus médicos se limpiaban el trasero.

•••

Soy jefa de enfermería. También la responsable de la noche en ese piso. La operación fue un éxito, muy rápida, y la mujer permaneció a mi cuidado esas primeras horas. Tuve ocasión de verla varias veces mientras se recuperaba. Estuvo sedada bastante tiempo, había perdido muchísima sangre y la intervención en el hombro fue delicada...

... Se le colocó una placa de titanio porque el omóplato estaba destrozado. Hubo que retirar algunas esquirlas de hueso también que se habían desplazado hacia el pulmón. En fin, un cuadro complejo, pero nada que no hayamos visto antes. Aquí llegan muchos heridos de bala y cosas más brutales también.

En todo caso la novedad con la mujer es que suscitó un interés importante de la prensa desde el primer momento. Pero ella permaneció incomunicada, aunque esto fue más atendiendo a su salud que a otra cosa. Su estado era precario, incluso durante el primer interrogatorio de la policía se desmayó y hubo que continuarlo más tarde. La primera entrevista que resultó fallida fue durante el día, así que yo solo estuve presente en ocasión de la segunda indagación...

... Es el procedimiento normal. Siempre permanece alguien del personal médico para asegurar el manejo correcto de la salud del detenido, no se olvide que mientras están en el hospital también son pacientes, nuestros pacientes...

... No, no parecía confundida. La mujer no desmintió los cargos que se le imputaban; explicó sus razones, eso sí. Sobre el disparo en el club sostuvo que se trató de un evento accidental, por ejemplo, pero nunca negó que portaba un arma, tampoco que había tomado un rehén. Acerca de eso, le explicó a los oficiales que junto al secuestrado, ella nunca lo nombró de ese modo sino como el señor Sandoval, habían tenido oportunidad de recabar información importante sobre la empresa Alta Salud; documentos que probaban acciones que ella calificó como delictivas...

... Habló de una estafa, un fraude a los usuarios del seguro que ella podía probar. Les preguntó a los oficiales si habían resguardado los documentos que ella llevaba consigo al momento de ser detenida; al parecer estaban dentro de una carpeta, o tal vez un portafolios, no recuerdo con exactitud lo que dijo.

Los oficiales que la interrogaban no hicieron caso a su reclamo e intentaron continuar con otros asuntos, fue ahí que ella se alteró, bastante. Insistió en repetidas ocasiones cuestionando a los agentes sobre el destino de aquellos papeles que consideraba fundamentales. Explicó angustiada que sin ellos sus palabras no tendrían sustento, les señaló que eran pruebas irrefutables y que debían encontrarlas. Dijo todo esto muy exaltada.

En algún punto el oficial a cargo la detuvo en seco, la instó a calmarse y agregó con severidad que las preguntas las hacían ellos. A lo que la mujer contestó que el problema justamente es que no se estaban formulando las preguntas correctas.

Después de eso, se volvió menos colaboradora, yo diría que se desanimó o algo así. Respondía, pero solo con monosílabos. Pareció deprimirse de pronto. Aunque está claro que con su estado de salud, sumado al reciente fallecimiento del esposo, más su situación legal, en fin, creo que todo eso justificaba plenamente sus cambios de ánimo...

... ¿Sus facultades mentales? No soy especialista en la materia, ni siquiera soy médico...

... Si usted insiste le puedo dar mi opinión, pero no es una opinión profesional; es solo la impresión de una persona que compartió algunas horas con la detenida. Hablé con la señora Bonet en varias ocasiones y no creo que esa mujer tenga ninguna clase de problema mental. No me parece que esté privada de la razón, si a eso se refiere su pregunta. Creo que es una persona normal que se equivocó grandemente y que tendrá que pagar por lo que hizo, así es como funciona la ley...

... ¿Los documentos que ella reclamaba? No sé mucho al respecto. En una ocasión la sorprendí en el suelo, se había caído junto a la cama; me dijo que se dirigía al baño y el mareo le había impedido llegar. La regañé por pararse antes de tiempo y después de auxiliarla a incorporarse le alcancé el orinal. Frente a esto me confesó que en realidad no lo necesitaba y que solo se había levantado para buscar sus efectos personales en la habitación. Abrí el armario y se los entregué yo misma. No me lo dijo pero sé que buscaba esos papeles y no estaban allí, se angustió mucho al comprobarlo...

... No sabría decirle con exactitud, pero al menos mientras ella permaneció en el hospital no aparecieron. Creo que nunca aparecieron.

# El hijo

Me subieron en una ambulancia, a mí solo, y me dieron un calmante aunque yo no lo quería. Les dije que no me dolía nada, que no estaba lastimado, pero en ese momento viajaba esposado y aunque me resistí me lo dieron igual.

Dormí muchas horas y desperté en un hospital. Allí volvieron a darme otra inyección y dormí más. Pero yo no quería descansar; ellos decían cada vez lo mismo: que estaba muy nervioso, que había pasado por un trauma y que debía reposar. Pienso que no deberían obligar a la gente a dormir cuando no quiere.

Estaba alterado, es cierto, porque en las últimas horas había muerto mi padre y mi madre acababa de recibir un balazo enfrente mío. Además ni siquiera sabía qué estaba pasando con ella, únicamente me dijeron que estaba viva pero nada sobre su estado de salud; cómo se supone que debía sentirme. Lo que no entendían es que, justamente por todo eso, yo no tenía ningunas ganas de dormir.

Necesitaba hablar con alguien, con mi madre de preferencia, y si eso no era posible, entonces quería ver a mi tía. También tenía ganas de llorar. Y sentía una rabia profunda, no sabía exactamente contra quién, pero estaba muy enojado. Creo que a veces uno no puede evitar estar alterado; si uno se siente angustiado es mejor andar despierto para pensar y platicar con alguien, y poder dejar de sentirse de esa forma. Así que la tercera vez que quisieron darme una inyección para obligarme a dormir, armé un gran escándalo y ya no me la pusieron.

Pedí ver a mi madre, pero me explicaron que estaba incomunicada, y que solo podía hablar con su abogado. Me lo aclaró el policía que me hizo el interrogatorio, en el primero, porque en realidad tuve que contestar las mismas cosas tres veces. No sé si no me creían o cuál sería la razón, pero me hicieron miles de preguntas; aunque creo que yo nunca estuve detenido... Bueno, no estoy completamente seguro, pero ellos dijeron que yo era menor y que no toqué el arma, y que todo eso estaba a mi favor.

También me aclararon que el señor al que golpeé con el bate de beisbol decidió no levantar cargos, desconozco la razón, pero se lo agradezco mucho. Le pegué porque pensé que iba a lastimar a mi mamá, no porque tuviera nada en su contra; de hecho él fue amable conmigo, incluso me dio de comer. Me gustaría poder decirle algún día que lamento de verdad haberlo lastimado esa noche.

Así que supongo que en realidad no estuve detenido, lo que no entiendo es por qué entonces no me dejaron ver a nadie de mi familia durante tantas horas.

Después sí recibí una visita, de mi tía, y ese fue el día en que me marché del hospital.

En el camino a casa ella me contó cómo murió mi papá, y también que aún no habían enterrado su cuerpo. Nadie sabía cómo proceder, todavía estaba en la morgue del hospital en que había fallecido.

Al final se decidió hacer un velatorio privado y muy cortito. Tuvimos que acompañarlo con el cajón cerrado porque ya habían pasado muchos días y el cuerpo no estaba muy bien; me refiero a que no estaba en buen estado. A mí me hubiera gustado verlo igual por un momento, solo que no me atreví a pedir que lo abrieran; tuve miedo de que estuviera en descomposición y sentir asco. No quería sentir nada así por mi padre.

Ya durante el velorio nos enteramos de que un juez había dado un permiso especial a mi madre para que también pudiera despedirse. Más o menos habían pasado dos horas cuando nos anunciaron que debíamos salir y esperar. Mi madre había llegado. Pero como ella estaba procesada por un delito, no podía estar en contacto con nadie; debía velar a su esposo en soledad.

Así que todos los poquitos familiares que estaban allí se pusieron de pie y se retiraron, pero yo dije que no saldría.

Hubo una discusión muy fuerte en la habitación de al lado; yo oía con claridad la voz de mi tía, que es muy aguda y estaba gritando. No escuché con exactitud lo que se decían, pero igual supe de qué hablaban: ella y los policías discutían sobre mi presencia ahí dentro. Pero igual no me moví.

Un momento después entró un oficial muy alto y flaco, se acercó para insistirme en que abandonara la sala como habían hecho todos los demás. Primero me lo pidió de buena manera, dijo *No eres un niño, entiéndelo por favor, tienes que salir.* Pero al ver que no me movía ni lo miraba, agregó *Es una orden.* Yo le dije que no me marcharía, y que si me quería sacar iba a tener que obligarme a salir por la fuerza. Lo dije y me afirmé en la silla dispuesto a soltarle una patada si se acercaba. El hombre permaneció indeciso frente a mí, dio un paso hacia delante, abrió la boca para decir algo que no dijo y al final abandonó la sala murmurando entre dientes algo que no entendí.

Me dejaron tranquilo y, unos minutos después, finalmente entró mi madre.

Ella no dijo nada, solo me abrazó fuerte, muy fuerte, y después se sentó conmigo. Estuvimos ahí mirando el cajón hasta que volvieron a buscarla media hora más tarde, entonces me dio un beso en la frente y se fue...

... No, no hablamos de nada; ¿de qué podíamos hablar si uno de los oficiales que la trajo se quedó al lado nuestro todo el tiempo como petrificado? Ni platicar ni llorar en paz.

Mi tía me explicó que con la vigilancia intentaban que no nos pusiéramos de acuerdo para declarar en el juicio; dice que tenían miedo de que inventáramos una coartada para ocultar nuestro plan.

Y eso sí que me hizo reír, ¿qué clase de coartada íbamos a tramar? Si nos había visto medio mundo paseándonos por ahí con un arma y amenazando gente. Mi madre no me comentó lo que pensaba hacer, ni antes de ir a las oficinas de Alta Salud ni cuando las cosas se empezaron a complicar. Y no me comentó su plan porque no había nada que comentar. Nunca hubo un plan.

Yo no creo que seamos delincuentes, y si lo somos, debemos ser los dos criminales más tristes y torpes de la historia.

9-25-19
NEVER - 2-9-23
6        I(CNQ)